拉印第安纳

米塔利 萨凡特女士

德瓦吉特·布延

Ukiyoto Publishing

所有全球出版权均由

浮世出版社

发布于 2023 年

内容版权所有 © Devajit Bhuyan

国际标准书号 9789360166106

版权所有。
未经出版商事先许可，不得以电子、机械、复印、录制或其他方式以任何形式复制、传播本出版物的任何部分或将其存储在检索系统中。

作者的精神权利已得到维护。

这是一部虚构的作品。名称、人物、企业、地点、事件、地点和事件要么是作者想象的产物，要么是以虚构的方式使用的。与真实的人（活着的或死的）或真实事件的任何相似之处纯属巧合。

出售本书的条件是，未经出版商事先同意，不得通过贸易或其他方式出借、转售、出租或以其他方式流通本书，不得以任何形式的装订或封面形式（除原版外）。发表。

www.ukiyoto.com

献给我妻子米塔利 61 岁生日。

内容

米塔利	1
我的妻子米塔利	2
她让我变得体面	3
直接米塔利	4
深爱的妻子米塔利	5
谁会哭泣？	6
痛苦与快乐	7
迷雾依然难以捉摸	8
没有答案	9
神的旨意我必须遵守	10
我梦想着更美好的明天，但是……	11
生活没有什么承诺	12
生活是艰难的	13
每个人都有不同的故事	14
我在黑洞里	15
生命有理由吗？	16
在时间的领域	17
等待我的礼服	18
仪式	19
最好的治疗师	20

我们需要心理整合	21
缺失的环节	22
我们还没有达到高峰	23
咬背	24
四个目标	25
悖论	26
生活只是一场马戏团	28
不安全感问题	29
有足够的知识来回答	30
老人为何畏惧死亡？	31
不要责怪别人	32
比较与竞争	33
相同的旅程	34
昨天你欣赏过任何人吗？	35
让我们积极思考，建设性工作	36
最终目标	37
不要为我举行仪式	38
活得更长久	39
抗生素	40
今天要开朗	41
超脱地生活	42

没有永远的朋友或敌人	43
爱情是一种病	44
凡事都有保质期	45
各地的生活都一样	46
早上好	47
如果**你**想长寿	48
今年庆祝**你**的生日	49
人生从六十岁开始	50
六十后的美好生活	51
我们不能仅靠食物生存	52
谋事在人，成事在天	53
时间是幻觉	54
不要狂热	55
大爆炸的命**运**	56
生活更多	57
上帝最好的赞美	58
想象力和知识	59
不动产	60
不动产 2	61
不**确**定的旅程	62
牺牲	63

离婚	64
爱	65
希望	66
自尊和自我	67
恨	68
悲伤的痛苦	69
收益与损失	70
苦难之地 (দুখালয়)	71
我们不能停止	72
乐观主义者和悲观主义者	73
妒忌	74
死亡不是结束	75
年龄只是一个数字	76
印度的腐败	77
战争与基本本能	78
当宗教控制头脑时	79
让我们与自然共存	80
保持原创	81
印度的腐败是非法的	82
没有灵魂的生活	83
即使面对痛苦也要微笑	84

暂时的生活　　　　　　　　　　　　85

两种选择　　　　　　　　　　　　86

解决冲突　　　　　　　　　　　　　87

自己的斗篷　　　　　　　　　　　　88

每个人都有判断力　　　　　　　　89

祷告上帝不是**强**制性的　　　　　　90

如果上帝不存在　　　　　　　　　　91

今天停下来一会儿　　　　　　　　　92

无法衡量的痛苦和悲伤　　　　　　　93

生命与金钱　　　　　　　　　　　　94

时间，生命的主要资源　　　　　　　95

生活总是半满　　　　　　　　　　　96

谁占上风　　　　　　　　　　　　　97

道德地对待动物　　　　　　　　　　98

监狱理论　　　　　　　　　　　　　99

我们的角色是有限的　　　　　　　　100

布彭·哈扎里**卡**　　　　　　　　　101

我的小猫身上什**么**也没有　　　　　102

最好的 Instagram　　　　　　　　　103

现在做　　　　　　　　　　　　　　104

不**确**定的游戏中的不**确**定结果　　　105

有什**么**奇怪的？　　　　　　　　　106

生日快乐，我爱你米塔利	107
均匀度	108
唯一的目的就是活着，也让别人活着	109
日夜	110
我们很无助	111
人生的剧情简介……	112
长方形旅程	113
现在我是成年人了	114
生活是混合的篮子	115
肮脏的游戏	116
三时花	117
仍有明天	118
除了生活别无选择	119
失败的团队合作	120
不要嫉妒	121
让他们享受	122
人性本质上都是自私的	123
大自然只能治愈	124
我们的人生阶段被管理了吗？	125
生命来来去去	126
记者	127

搬运工	128
动态平衡	129
心灵永远年轻，身体却不年轻	130
身心	131
当我变老时	132
剩余寿命	133
说不	134
假朋友	135
叶绿素	136
游戏	137
冰屋	138
主啊	139
大学时光	140
生物需要	141
永恒的沉睡	142
消费主义	143
拉奇特·巴尔普坎，传奇战士	144
太阳永不升起	145
我们的虚拟生活	146
当科学与宗教达成一致时	147
没有目的地的旅程	148
我们的存在	149

性别歧视	150
社会与倡导者、医生和工程师	151
支持创新	152
生活和生活的效率	153
人们为什么来到我们的生活？	154
宝莱坞的青年艺术家	155
政治家	156
让我们理性行事	157
宇宙的扩张	158
有与无	159
当人们巨魔时	160
我死后	161
微不足道的我	162
不开心的我	163
精神上的不服从	164
现在不需要任何材料	165
我们的家庭崇拜	166
生活现在是一场不同的游戏	167
仅靠良好的健康并不能保证长寿	168
活得更精彩	169
不平等现象	170

即将过去的一年	171
在主眼中	172
你为什么不尝试一下？	173
在神的领域	174
大骗子政治家	175
最终什么都不重要	176
生命的目的	177
现在科学表明我们并不真实	178
我们没有如愿而来	179
仪式	180
我是微不足道的	181
记住他的牺牲	182
让我们庆祝圣诞节	183
虚伪	184
要求道歉	185
永不停止前进	186
皆爱无恨	187
在家乡吹笛子	188
商务美容	189
让我们生活在无聊中	190
能量与物质	191

耶稣救世主	192
嫉妒滋生自卑感	193
做好人就好	194
身体健康	195
圣诞节一年一度	196
等待上岸	197
太阳不知道新年	198
日、月、年	199
黑珍珠号	200
除夕	201
想象的现实	202
同一轨道	203
从长远来看	204
死富	205
Covid19 的新变种	206
新年的一周很快就过去了	207
殿下	208
偏祖	209
我无法反对	210
牧师们	211
宗教与酒精	212
感官伟大，心灵更伟大	213

奇迹很少发生	214
谁想象出了上帝？	215
一切都已成为历史	216
我什么都不是	217
着眼大局	218
奇迹	219
现在的报纸	220
没人知道	221
去做就对了	222
活在过去	223
废弃包	224
工程师日	225
传播微笑和欢乐	226
无知是福吗？	227
碧湖	228
我的心碎了	229
妇女节	230
性与残暴	231
在妇女节支持伊朗妇女	232
可见与不可见	233
生命的胜利	234

不要数波浪,做冲浪者	235
心脏衰竭	236
今天迈出一步	237
像河豚一样	238
向自然学习	239
我相信什么并不重要	240
关于作者	241

德瓦吉特·布延

米塔利

她年轻、大胆、美丽

对家人和朋友永远忠诚；

她的头发是卷曲的，发型剪得很漂亮

蓝色的眼睛显得深邃却平静；

每天即使悲伤也要微笑

只有愤怒才能分散她的注意力，让她发疯；

她的灵魂与动物和她的宠物一起生活

无论她走到哪里，她都会喂一只街头狗；

从未故意伤害任何人

然而，她的生活却不断遇到困难。

她羞于示弱并哭泣

悲伤时拉小提琴，保持害羞；

她所有的朋友都知道她很健谈

当她给别人带来微笑时，她的脸就会发光；

在最困难的时候表现出勇气和信心

很快她就证明一切都很好；

按照自己的选择和意愿过着自己的生活

她在我们生命中的空虚是任何东西都无法填补的。

我的妻子米塔利

她是我的眼睛、耳朵和鼻子
比美丽的玫瑰还要美丽
世界上没有人如此接近
她的笑容给了我鼓舞人心的剂量
现在没有她,我的生活暂停了;
现在的心是空虚的、空虚的
每时每刻,我都无法避免流泪
没有了她的笑容,生活变成了负担
生前,米塔利是我敬爱的典狱长
为什么神会突然呼召她?

她让我变得体面

我像一块普通的煤炭一样躺着
她用爱和关怀塑造了我的灵魂
她用两只美丽的手臂拥抱着
施加压力让我变得坚强和勇敢
她强迫我吹热,吹冷
终于,我成了她的镶金钻石;
我脏乱差、随和
她强迫我表现得体面动人
参观寺庙和教堂祈祷
没想到她快要死了
现在除了哭我没有别的办法。

直接米塔利

她性格直爽,却被很多人误解
直线是她的人生轨迹和比赛
她的人生旅程却丰富多彩、充满欢乐;
非常不喜欢谎言、虚伪、双重标准
生活中她面临很多障碍和诅咒
她仍然相信诚实、真理和上帝;
她像母亲一样受到孩子和动物的喜爱
有她的陪伴,大家都感受到美好的天气
她外在的微笑和爱吸引动物靠近;
暴风雨总是首先摧毁又直又高的树木
上天因为她的信任,早早将她带到了他身边
在我们的生命领域里,她永远不会成为过去。

德瓦吉特·布延

深爱的妻子米塔利

米塔利是我深爱的妻子
同时,她也是我的生命
没有水地球上就不可能有生命
没有妻子,生活现在是可以衡量的
每时每刻她的缺席都是显而易见的。
夜色已深,天空布满乌云
心里充满了万千未解的疑惑
萤火虫是前进唯一的光源
向前迈出几步就会得到巨大的回报
太阳将再次升起,并带来新的奖项。

拉印第安纳

谁会哭泣？

当我死的时候，只有少数人会哭泣
对于新朋友，我一生都没有尝试过
为了发展关系，我保持害羞
我以为爱、尊重是金钱可以买到的；
一生都在为事业和金钱而忙碌
就这两点，我的旅程集中
面对大自然，我忘记了保持平衡与和谐
现在，命运突然结束了我的旅程；
我独自一人在墓地里，没有人来
不考虑出发时间就错过了人生
于是，在墓地里，孤独的我在哭泣
为了更好的旅程，永不停止尝试；
没有人会因为你得到的钱而记住你
但在人与人的关系上，你遇到了
今天是树立新态度的最佳时机
一旦火车离开站台，就太晚了。

痛苦与快乐

现在我在痛苦中做着一切
却竭尽全力追求舒适
不知道舒适是否会带来快乐；
快乐和痛苦同在一个地方
当一个人表达另一个人时就休息
但他们终生住在同一个巢里；
即使身体极度疼痛，大脑也无法承受
有些人为了愉悦而诱发身体疼痛
除了投降之外，没有任何办法可以治愈悲伤。

迷雾依然难以捉摸

创造之谜仍难以捉摸
对于未知,我们是顺从的
我们不知道自己存在的理由
单步前进,没有阻力就无法前进
自然力量无处不在;
如果我们问基本问题,我们没有答案
无法说服科学和宗教浏览者
没有证据表明先知确实见过上帝
与宇宙相比,科学是渺小的
出生后,我们被迫生活,但死亡却无法避免。

没有答案

出生、婚姻和死亡都在神的手中
我们从不希望在不确定中出生或死亡
一旦结婚,也以分居告终
要么通过离婚,要么通过死亡
但对于分离,我们从来不做准备;
每个故事都是不同的,不受任何控制
面对分离,有些人坚强而勇敢
有的无法承受,很快就变老了
向上帝提问却没有答案
这样,生命就可以在世界上永远延续下去。

神的旨意我必须遵守

房子里的一切都让人想起同样的事情
却改变了人生的游戏规则
没有一只手和一条腿，我就瘫了
对于这种情况我不能责怪任何人
我的心现在被关在相框里；
生活永远改变了，直到我还活着
痛苦和悲伤永远不会平息
它将永远驻留在我心里
我对她的爱和感情是我的骄傲
我别无选择；上帝的旨意我必须遵守。

我梦想着更美好的明天,但是……

夜里我总是梦想着美好的明天
但早上的报纸却让我悲伤
人类的残忍和不宽容与日俱增
我失去了对美好明天的希望,彩虹和它的光芒
人类将为残忍、不宽容、仇恨付出沉重的代价;
人们可以轻而易举地杀死父亲、母亲、妻子、亲人
对于罪恶和惩罚,大多数人并不害怕
科技已达巅峰,寻找新宇宙
但文明人的心态正在逆转
一个充满暴力、战争和杀戮的世界是没有人应得的。

生活没有什么承诺

在旅程的最后,生活没有任何承诺
然而我们都在忙着做某事
生活逼迫我们吃饭、微笑、哭泣
我们知道这个宇宙中没有什么是永恒的
时间的箭头里,没有讨价还价的余地;
旅途艰辛,泪流满面,充满悲伤
我们的希望是美好的日子和美好的明天
没有人知道明天他可能需要进行骨髓移植
为了让他活下去,家人和朋友不得不借钱
但生活除了悲伤和悲伤之外什么也没有承诺。

德瓦吉特·布延

生活是艰难的

生活是不公平的、艰难的、艰难的
前面的路可能会崎岖不平
我们可能没有机会笑
看不见的病毒可能会带来咳嗽；
从长远来看，旅程就是回报
我们别无选择，只能继续前行
停止旅程的人都是懦夫
疲劳时在隧道内休息一下；
紧绳很难保持平衡
害怕摔倒会产生很大的阻力
那么最好默默地行动
尽职尽责地完成旅程。

每个人都有不同的故事

每个人都有不同的人生故事要讲
对某些人来说生活是天堂，对某些人来说是地狱
不同的人会感受到不同的气味
任何时候任何人都可以听到警钟
然而我们试图推销幸福、快乐、微笑；
灰姑娘的故事不是真的
小时候我们毫无头绪
然而我们继续成为超人
年老时我们意识到自己是跛脚母鸡
但即使在那时，美好故事的记忆也会带来微笑。

德瓦吉特·布延

我在黑洞里

我走在黑洞的黑暗中
光既不能来自它,也不能从它逸出
就好像大爆炸还没有发生一样
没有过去、现在或未来;
我的存在只是我的意识
不以物质、能量或任何其他形式存在
甚至黑洞中上帝的存在也是错误的;
就连灵魂、光、声音都是非物质的
后洞及其无限重力是真实的
有一天可能会发生爆炸,新生婴儿会哭泣。

生命有理由吗?

我们说一切的发生都是有原因的
但受害者却被关进了精神病院
对他们来说,发生的事情是最糟糕的解决方案
悲伤和创伤是上帝错误的创造;
许多无辜的受害者无缘无故
对他们来说,剩余的生命变成了毒药
他们在黑暗中移动,没有方向
没有人知道生命的最终归宿是什么;
我们连生命的理由都不知道
但生活却被迫走在一把尖刀上
有时会忘记炒作中的出血
有一天,妻子和妻子的生命无缘无故地结束了。

德瓦吉特·布延

在时间的领域

在时间的领域里没有人是英雄
明天你可能会变为零
每天都有英雄死去又诞生
人们只会哀悼几周；
亚历山大、拿破仑没有什么不同
他们也死在了永不停息的水流中
命运随时可以带你离开这个世界
安息吧，是人民的评语；
时间的沙子上也许不会留下你的足迹
如果能活得幸福快乐那就最好了
不要在仇恨、愤怒和犯罪中浪费你的时间
即使是英雄也不知道明天不是他的时代。

等待我的礼服

没有人会理解我的悲伤之深
世界上没有什么能让我释然
现在的生活比攀登悬崖还艰难；
灵性不是我旅程的方式
为人类做好事是我的使命
我从可用的许多路径中选择这条路径；
现在我生命的支柱倒塌了
生活不再需要财富和王冠
热切地等待我的葬礼礼服。

德瓦吉特·布延

仪式

所有为死者举行的仪式都是假的
牧师从他们的利益中获取
在悲伤中，仪式只会刹车
仪式无法为我们带来不同的旅程
亲人去世，我们陷入悲伤湖；
然而，对于我们来说，仪式会转移注意力
但悲伤只是暂时的解决办法
一次又一次的悲伤伴随着新的决心
时间只能慢慢稀释
我们的生活成为情境的奴隶。

最好的治疗师

人们说时间是最好的疗愈剂
但有时它也会成为杀手
有时候时间是悲伤的载体
甜蜜的回忆可以让人更加快乐
记忆里没有时间的障碍;
在物质世界中,过去已经一去不复返了
但在脑海中,我们记得的一切
没有任何东西侵蚀我们的心室
逝去的灵魂变得更加珍贵
美好的回忆也会让我们变得更加坚强。

我们需要心理整合

我们已经看到了自然进化
我们已经看到了自然选择
我们看见了神的道成肉身
我们看到了政治革命
但我们的问题没有解决办法；
我们现在需要更好的考虑
我们现在需要合理化
我们现在需要科学标准化
我们不需要更多的排列
我们需要宗教、政治和科学的融合。

缺失的环节

猴子失去尾巴并成为智人的联系仍然缺失
尽管人类以文明、自然的名义不断破坏
在智人到来之前,环境平静而纯净
所有生物都得到了足够的食物来吃并且生存是肯定的
适者生存也是那个时代的自然法则
但生物多样性和生态平衡是动物整体遵循的
无需以进步的名义砍伐树木、摧毁山丘和岛屿
道路、水坝、机场让太多物种陷入困境
炸弹和战争不仅杀死了数百万人
它还摧毁了许多其他自然和生物
文明这把双刃剑终有一天会迫使人类灭绝
四足动物将再次统治地球。

我们还没有达到高峰

我们声称我们的文明是最好的和优越的
所有其他古老的文明都是农业文明，都是低等文明
即使在了解了相对论之后我们仍然声称这一点
声称现有文明优越是愚蠢的
文明在时间的领域中出现和消失
要评价一个文明的进步或农业的进步，时间是最重要的
几千年后，我们的文明将变得不发达
那时的人会嘲笑我们，我们愚蠢而自卑
不要声称我们现在处于发展的顶峰
我们只是举着接力赛的旗帜，以某种方式破坏自然。

咬背

思想冲突是真实存在的并且可能发生
心灵感应自然信号补充
咬背可以传递信号
接待有关人员是合乎逻辑的
朋友变成敌人，敌人变成亲爱的
对于背后中伤和批评，更要害怕
生命中没有永远的朋友或敌人
一切都是为了方便和利益
朋友和敌人来来去去，取决于雨
无需沟通即可远程赞美或爱某人
你可以观察到另一个人的积极关注
不要用背后咬人的方式引发思想冲突
你单独的坏话可能会令人不安。

四个目标

人生的目标是吃好、睡好、身体好、心态平和
生活中所有这些重要的事情都很容易实现和找到
唯一的要求是日常生活中的专注和纪律
当纪律成为你的习惯时,你就能轻松实现这些
无需向医生或精神导师支付高额费用
一旦你能够摆脱自我、贪婪并拥抱积极的态度
获得一切美好和孤独是很容易的
我们总是选择困难的道路和地形才能睡个好觉
只需步行和做活动,即可获得良好的睡眠
无紧张的心灵对于睡眠也是必要的,冥想可以给予
你在健身房、旅游的费用,你可以保留
为了良好的睡眠,无需为您建造富丽堂皇的建筑
即使在路边,睡得好,你也能找到几个
改变你的态度和思维方式以实现根本目标
简单前行,可以微笑,可以歌唱。

悖论

碳、氢、氧和硅来自哪里、如何以及为什么
科学没有完美且令人信服的公式或解释
大爆炸只是有争议且未经证实的想象和假设
氢和氧化合后,科学都有描述
为什么进化过程开始创造生物尚不清楚
我们只被告知,我们是从原子的组合中成长起来的
在探索的某些阶段,宗教处于更好的位置
通过看不见的全能神,他们有一切解决办法
但好奇的头脑总是会问原子何时以及为何结合
为了解决所有的悖论,人类的大脑和科学家们下定决心。

所有动物的意识都不相同

所有哺乳动物的意识并不相同
为此,进化过程是罪魁祸首
经过同样的演变,他们也来到了
但在这个过程之间,他们仍然很蹩脚
人类夺走了所有的功劳和名誉;
意识不同也是缺失的一环
即使在哺乳动物中,雄性和雌性眨眼的方式也不同
所有的玫瑰也不是同一颜色的粉红色
缺失环节的原因很难想象
所有材料都是由质子、电子组成,但并非都是锌。

生活只是一场马戏团

在这个世界上,我们没有真正的目的
其实我们都是大马戏团里的小丑
所有关于我们目的的理论都是假的
我们的生活与真菌没有什么不同
所谓目的,就是心理外翻;
随机的宇宙事件,称为生命
怀着追求卓越的虚假希望,我们努力奋斗
我们很晚才意识到生活是双刃刀
八十多岁了,所有人都明白目的是炒作
生活只是一场不同类型的滑稽马戏团。

不安全感问题

我们心碎不是因为失败
我们心碎是因为我们没有安全感
我们不知道我们的任期还能持续多久
但旅程是不确定的,我们确信
对于破碎的心,没有快速的治疗方法;
不安全感是大多数人的问题
即使对于最富有的人来说,克服它也并不容易
如果失败,他们的痛苦可能会增加三倍
在破碎的心中,不安全感会产生涟漪
最终人们拒绝接受耶稣和圣经。

有足够的知识来回答

我问,我的路程有多长?多久?
他们只回答,坚强,坚强
问多久是根本错误的吗?
当我们问"多久"时,我们被认为"tong"
提出疑问的人,被置于不同的洪中;
知识、智慧和好奇心被迫提问
但在当今的知识库中,这是一项艰巨的任务
在这个问题上,宗教和科学试图戴上面具
没有答案也一样,在阳光下,生命可以晒太阳
在我们的有生之年,答案不会被揭开。

老人为何畏惧死亡？

所有的老人都害怕死亡，因为这是痛苦的事实
为了真理和正义，战斗永远由年轻人引领
我不怕死，从来不是出自年轻人之口
因为年轻人知道说出来是假的
但老人说，我不怕死需要勇气；
对死亡的恐惧和对生命的渴望是基本的本能
到了老年，太多未实现的愿望变得清晰
老人的许多最好的朋友已经灭绝了
接受死亡现实的勇气变得微弱
对于老年人来说，真理和现实变得简洁。

不要责怪别人

不要因为你的失败而责怪任何人
在你的生命中，你是水手船长
人生之战，你必须作为孤独的战士去战斗
你必须勇敢，你是自己的救世主
成功或失败，终有一天会成为高级；
对于失败，我们常常归咎于他人
有时我们说，那是因为父亲
许多孤儿在没有母亲的情况下也取得了成功
所以，对于失败，不如责怪自己
现在就纠正自己，你将不会再获得新的生活。

德瓦吉特·布延

比较与竞争

我们生活在一个叫做世界的地球的边缘
有了比较,我们永远不会变得大胆
我们必须维护自己的生活和优势
不然我们美丽的故事将无法讲述
不是比较,而是你自己的故事展开;
如果你正在竞争获取物质的东西
它会带来很多痛苦和无用的物品
你不太可能成为国王进入坟墓
即使像亚历山大一样,中间可能会折断,你的刺
最好满足于人类的需要。

相同的旅程

彼岸的草永远是绿的
令人羡慕的邻居，人们都很热心
里面有痛苦，看看戴安娜女王
庆祝别人的成功，很少见
这种事只发生在少数友好的青少年中；
为了向外界展示，人们精心打扮
作为邻居，你应该表现得像青少年
羡慕的邻居应该远离你的屏幕
用你的技能，打造属于你自己的美丽树
你们的旅程是同船同晚。

昨天你欣赏过任何人吗?

学会欣赏很重要

我们的生命,自然每天都在贬值

在社交活动中,参与很重要

社交生活和人际关系非常微妙

爱我们、尊重我们,我们无法对任何人发号施令;

在社会生活中,没有人是内部的或我们的下属

我们的感激,通过尊重,人们会回报

书面感谢,重要的是要验证

如果我们总是一个人批评,人们就会疏远

微笑的欣赏是一种很好的激励方式。

·

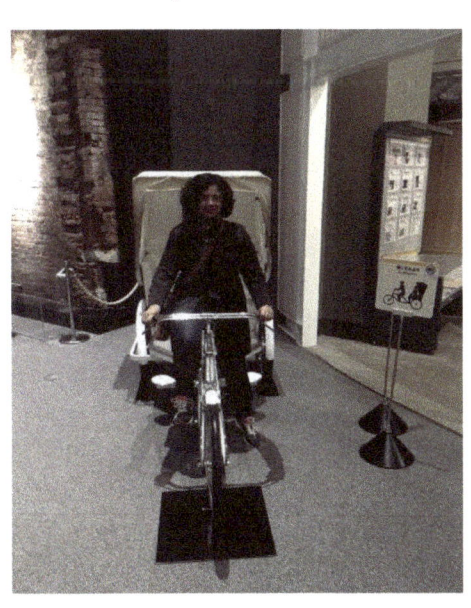

让我们积极思考,建设性工作

让我们不要担心人生的目的
更适合和朋友、老婆一起享受
如果我们考虑无限的星系和恒星
永远无法停止争吵和战争
到目前为止,我们对火星的细节还一无所知;
个人可以描述自己的目的,但那是相对的
不同宗教的描述也是主观的
科学甚至无法给出目的、指示性的定义
宗教对于目的的态度是保守的
我们应该有自己的目标和行动,这必须是积极的。

最终目标

无论我们是富人、穷人还是中产阶级
最终目标是良好的消化和睡眠
没有这两者,我们就无法保持健康
为了赚更多的钱,我们彻夜难眠
但晚上睡个好觉才是人生的目标核心;
钱和软床都给不了,睡得很好
为此,良好的健康和体力劳动很重要
即使吃饱了,饿了也是有关系的
食欲不佳、睡眠不好,幸福就难以实现
为了心灵的平静和身体健康,它们也包括在内。

不要为我举行仪式

我死后不要举行仪式
如果你真的爱就哭吧
否则就微笑着说再见；
所有的仪式都是虚假和谎言
为了榨取金钱，牧师尝试
没有钱，牧师就会飞；
不需要掮客在他的基地遇见上帝
我有能力会见并陈述我的情况
对于苦难和痛苦，我将提出我的观点；
如果我被我慈爱的父亲推入地狱
为了他的不公和残忍，我将流浪
强暴将至，我投降；
神父和祈祷都无法拯救我
我自己必须勇敢地面对无所不能的
如果上帝犯了错误，我会看到的。

德瓦吉特·布延

活得更长久

每个人的目标都是活得更精彩
健康长寿是核心
没有人知道未来商店里有什么
长寿有时会变得无聊
坐轮椅的生活比贫穷还要糟糕；
今天，用微笑过美好的生活
为弱势群体想一想
周游世界数千里
独居时间越长，档案就越积满灰尘。

抗生素

抗生素并不总是能治愈疾病
有时它会成为杀手
他们是制药公司的经销商
医生是中间商卖家
然而,抗生素是医学界的统治者;
如果没有抗生素,疼痛会更严重
死亡将像雨一样降临到千千万万的人身上
通过良好的健康获得免疫力
预防胜于治疗,我们一直在训练
但在我们的生活方式中,这是不可能的。

德瓦吉特·布延

今天要开朗

今天可能是最亮的一天
然而夜晚可能是最黑暗的
你可能会失去跑得最快的速度
疾病不会放过最聪明的人
即使是最富有的人也会死亡；
享受阳光明媚的日子
今天开心一点就对了
这是像风筝一样飞翔的时刻
日落后可能没有光
明天可能会有生存之战。

超脱地生活

人生充满了许多怨恨
生活总是给予不公平的对待
人生也有很多成就
争取更多的成就
终有一天,生活会给予赞美;
认识到生活是不公平的很重要
生命中没有什么是永恒的
我们的情绪总是波动
我们对万能的神失去了信心
最好以超然的态度生活。

德瓦吉特·布延

没有永远的朋友或敌人

没有人是永远的朋友或敌人
一切都是生命中短暂的光芒
总有一天大家都会走
不要评判,慢慢来
如同河流,朋友和敌人都会流动;
这个世界充满了自私的人
交到一个好朋友并不简单
朋友太多你不得不流口水
对敌人有时也要谦虚
他也可能在你遇到困难时帮助你。

爱情是一种病

爱情是一种不治之症
随着时间的推移它总是增加
势头可能会停止
生命随时可能冻结
尽管爱情是凉风；
爱改变人生轨迹
前提是你有一个疼爱老婆的人
但有时却像一把刀
你的平安将永远消失
对很多人来说，真爱就是炒作。

凡事都有保质期

世间万物都有保质期
对于人类来说，我们称之为命运
有人死得早有人死得晚
关于死亡时间无人能下注
即使我们也无法预测宠物的死亡时间；
造物主将其作为一个谜保留在自己手中
以便他的祈祷变得必要
通过期满，他将人限制在界限内
控制死亡不在人类的领地
默认地生活到死亡是我们唯一的目标。

各地的生活都一样

生与死，处处都是一样的
虽然不同可能只是暂时的游戏
玩了九十分钟你就累了而且跛了
即使在时间的沙子上，暂时也会被命名
无论输赢，都没有必要责怪任何人；
天空、空气、水在任何地方都没有区别
你怎么能在某处找到蓝色的血呢？
爱、兄弟情谊和人性只是分享的事情
令人惊讶的是，现在这些都很少见了
对于普遍兄弟情谊和同一个世界，没有人关心。

德瓦吉特·布延

早上好

早晨如往常一样美好

我们只会让这一天变得美好或残酷

有时我们会为嫉妒添加新的燃料

第二天我们和一个朋友开始吵架

一天早上,我们和邻居们打架;

在我们的生活中,早晨永远不会变得糟糕

就像童话里的蜜月日妻子

但为了让日子变得糟糕,我们磨刀

通过糟糕的日子,糟糕的生活方式努力

在我们心里,早安应该是鲜活的。

如果你想长寿

如果你想长寿
让你的健康变得坚强
不然脑子就会出问题
你只会签悲伤的歌；
独自活得更久是不够的
请记住，老年生活是艰难的
要想在路上前行，就必须坚强
没有人喜欢陪伴咳嗽的老人；
身心健康才能长寿
卧床老人只吃食物
家人和朋友慢慢表现出不好的心情
如果身体不好，最好早点死掉。

今年庆祝你的生日

我们庆祝生日，因为我们离目的地很近
离目的地越来越近总是一种极大的满足
想要幸福地走向终点，我们需要决心
庆祝生日给我们带来精神上的愉悦和满足；
我们想要忘记有一天我们必须把一切都留在这里
所以，生日是与朋友一起享受、欢呼和分享的时刻
明年生日那天，一些朋友可能会在那里
声称同样的朋友会和你在一起是错误的，也是不公平的；
这个生日可能是最后一个庆祝的生日
所以，准备好用欢乐、美食和振动来庆祝吧
即使你在下一个生日之前离开，你也不会后悔
今年的盛大生日，您和朋友都不会忘记。

人生从六十岁开始

有人说,人生从六十岁开始
但那种生活强度很低
所有女性都失去了生育能力
大多数雄性失去了交配活动
人们失去了许多敏感性;
六十岁以后就不能打橄榄球了
踢足球不再是你的爱好
为了你在板球折痕中击球而不是萨比
在你体内的糖尿病中,BP 游说
在六十岁之前享受生活,精明一点。

六十后的美好生活

你不能随心所欲地喝酒
驾驶高速自行车危险
红肉可能会破坏冠状动脉
很难去山顶徒步旅行
和老婆在家喝绿茶；
孩子不会喜欢你的习惯
所以，最好和狗和兔子一起玩
孙子们认为你们正处于 2G 时代
和朋友们一起忙着玩 PUB-G
生命因视野朦胧而美好。

我们不能仅靠食物生存

适者生存是自然法则
为我们的未来的食物、衣服、住所而奋斗
爱、恨、嫉妒、贪婪都是不可或缺的一部分
性和生殖我们不能分开
上帝创造了像人一样的动物,真是太聪明了;
我们不能仅靠基本需求生活,这是我们的本能
于是,我们的生活变得充满负担和忙碌
技术未能消除疾病和战争
一个美丽、精致、无痛的世界还太遥远
人的生命和人性永远都会带着伤痕。

谋事在人，成事在天

上帝从来没有赞成我的建议
我确信，我的建议无疑是糟糕的
否则，上帝会积极解决一些问题
但我仍然不断地向上帝求婚
我的天性迫使我在不知不觉中求婚；
我从来不知道的处理提案的标准
否则，我肯定只会提出一些建议
这些建议是我现在的踏脚石
没有建议，生活就不会有进步
现在我没有提议，没有怨恨，我很正派。

时间是幻觉

时间只是一个幻象
不要浪费并稀释
使用它是唯一的解决方案
过去、现在、未来是结合在一起的
时间永远不会扭曲自己；
时间概念只是一个思维过程
即使对于无生命的山来说它也在进步
我们责备时间的残酷和倒退
但我们已经习惯并沉迷于滥用时间
当我们走到最后的时候,我们会感到痛苦。

德瓦吉特·布延

不要狂热

宗教之后不要狂热
宗教没有提供新冠病毒解决方案
宗教只能给人精神上的满足
并非所有宗教文字信息都是真实的
在充满活力的世界里，宗教需要改变；
宗教未能改变人们的心态
停止战争，为了宗教也不简单
即使有宗教文明也可能会削弱
现在需要的是宽容和谦虚
遵循简单的事情来解决人道主义问题。

大爆炸的命运

如果大爆炸假说真的是错误的
未来的学生将唱不同的歌曲
印度教哲学说，没有开始
只有上帝正在回收的物质和能量
JW 望远镜所呈现的景象非常诱人；
关于宇宙诞生的假设尚未得到证实
所有的理论都像哲学和想象力驱动
定义、假设是在人脑中创建的
旧观念、旧教导有一天我们必须耗尽
学习和忘却永远是一条连续的链条。

生活更多

感谢上帝，我已经比耶稣、戴安娜和李小龙更成功了

所以，我准备向上帝支付他希望我从我这里得到的任何东西作为他的费用

耶稣、戴安娜、李小龙去世时都比我年轻得多

六十年后，我依然安逸地挂在生命树上

因为上帝希望给我的生命比这三个更多；

大多数人认为人生的成功就是活得更久

所以，为了更好的生活，他们从不强化自己的基础

活到一百岁，即使昏迷，很多人也会更幸福

人们未能活到今天，希望能活得更多

但我永远更喜欢"八十天环游世界"之旅。

上帝最好的赞美

死亡是真理,也是我灵魂的终极安慰
但在家人和朋友中,它总是会造成一个漏洞
过了河就没有痛苦就没有收获
唯有永远的平安与安慰才能给我们永远
然而,家人和朋友却无法忍受这里的痛苦;
如果上帝确实存在,我们的灵魂肯定是不道德的
不然就死了,没有必要献花
上帝作为创造者总是更喜欢回收不纯的元素
重生受罪恶灵魂的痛苦是补充
不提倡回收就是上帝最好的赞美。

想象力和知识

想象力胜过知识
新概念想象力可以承认
知识是旧观念的延续
时间证明的事情毫无疑问我们接受
想象力是我们头脑中感知到的新事物；
知识可以从书本中获得
对于想象力，我们需要开放的视野
现代原子物理学始于想象力
微调和知识给出了量子解决方案
仅靠知识并不能推动文明进步；

不动产

土地对您而言是不可移动资产,仅在有限时间内有效
只要你喜欢这片土地,它的农产品就很好
不动产只存在于时域中
您享受的产品就是一生的收获
一旦你的时间结束,你将不会留下不动产;
即使是不动产也不能让你的生活变得不动产
生活中不动产越多,麻烦就越多
今天不要为子孙获得资产而牺牲
对于不确定的未来,不确定的人,何必背负重担
吃饭、喝酒、跳舞、享受旅行;任何事情都可能突然发生。

不动产 2

疯狂追逐不动产
为了享受现在的生活,我们忘记了
我们的财务和预算始终是赤字
获得第三套公寓是我们的目标
七十岁后,我们认识并悔恨;
我们得到了我们无法使用的虚拟鉴赏
如果我们试图以七十岁的价格出售,孩子可能会拒绝
年老时推翻他们会带来虐待
年轻时要聪明、勇敢、健康
七十岁时,您会微笑地回忆起与妻子的欧洲之旅。

不确定的旅程

我们不知道人生的旅程还要走多久
因为我们没有为这段旅程提供任何收入
我们登上了火车,却不知道它要去哪里
所以,随着旅程的开始,每个新生儿都会开始哭泣
他们知道,不确定的旅程不会令人满意;
随着生活的继续,我们开始微笑着哭泣
有时我们被迫保持害羞
为了让我们的旅程舒适,我们尝试
然而,环境使我们的旅程变得干燥
突然有人告诉我们,旅程结束了,说再见吧。

牺牲

就像充满了我们必须为他人所做的牺牲
有时为家人,有时为邻居
有时为了国家,有时为了事业
为上帝牺牲总是给我们带来快乐
但在人生的旅途中,牺牲无人能及;
没有牺牲的人生就会太自私
就像动物一样,有一天我们的生命也会结束
为上帝献祭动物是罪恶,必须消失
牺牲你的金钱、时间、财富,这些都会消失
为了私利而牺牲无辜生命的人,上帝会惩罚他们。

离婚

没有爱和理解的结合
物理吸引力提供暂时的束缚
蜜月过后,双方都忙着找茬
餐厅吃饭时发生争吵
分离之剑开始悬挂;
孩子们成了最大的受害者
他们的痛苦和痛苦没有人衡量
同居比离婚好
夫妻有既得利益约束力
离婚是不守规矩的一代人的根源之一。

德瓦吉特·布延

爱

爱是生命体的束缚力
它比结婚戒指坚固得多
因为爱情王国被国王抛弃
爱是我们能唱的最美的歌
没有爱,人就无法成为人;
男性和女性的结合也称为做爱
如果没有做爱,我们就会开始瓦解
爱是新生代、繁衍的力量
因为爱,人类文明才得以延续
早上对亲爱的、亲近的人说,我爱你。

希望

希望是我们奔跑的胡萝卜
棍子迫使我们转弯
有时转弯变得有趣
有时我们不得不为包子而奋斗
我们继续前行,希望早晨的阳光会带来更好的一天。
当胡萝卜随着时间的流逝而变干时
棍子的力量变成了原力
无望成为我们人生痛苦的比试
无论如何,我们想完成旅程
然而,希望才是动力,而不是让每一天都下雨。

自尊和自我

自尊心就是昂首挺胸
自我是傲慢，它可以束缚你的大脑
有了利己主义，心就会化为灰飞翔
失败时，当自我受到伤害时，你会哭泣
有了自尊，就可以昂首挺胸，不断尝试；
自尊来自心灵的纯洁
在自我中不可能找到心灵的平静
对别人你永远不会友善
在心灵的黑匣子里，你会被束缚
自尊可以打开它并放松。

恨

仇恨可能有成千上万的理由
但对于仇恨者来说，这总是像叛国一样
如果你能把你的仇恨关进监狱就好了
对于对你造成的伤害，仇恨并不能解决问题
恨恶罪恶应该是我们的决心；
我们讨厌那些脚踏实地的人
所以，周围有太多的仇恨者
为了一个更美好的社会，这并不健全
我们在恶性循环中转来转去
通过我们从未找到的仇恨、和平与安宁。

悲伤的痛苦

这是一种难以忍受的痛苦
它来自反应链
没有排水口
我们如何容忍是主要的
通过死亡我们可以获得平安；
疼痛如季风雨般袭来
悲伤是大脑中的每时每刻
为了忍受它，我们必须训练我们的思想
如果试图抗拒悲伤，那将是徒劳的
更难以忍受的是我们的痛苦。

收益与损失

人生的得与失都是暂时的
货币计算可能会变得相反
始终与您的健康同舟共济
唯有生命，盈亏才有延续性
重要的是要积极地生活在今天；
生命终结时盈亏为零
即使遭受损失，也要像英雄一样过好今天的生活
没有人知道他的明天会怎样
即使今天的阳光也可能带来悲伤
请记住，没有什么可以改变时间的箭头。

德瓦吉特·布延

苦难之地（দুখালয়）

世界是罪人的地方
对于大多数人来说，世界上的生活并不简单
没有解释，许多年轻的生命就残废了
即使先知的一生充满烦恼
唯一的移动、接受和谦虚的方法；
世界是一个痛苦的地方(দুখালয়) 佛陀说
世界是由疾病和痛苦组成的
这可能就是太阳是红色的原因
上帝为世界上没有人提供了完美的床
当一个人死后，痛苦和痛苦就结束了。

我们不能停止

生命的基本本能说继续前进
本能在早上推动我前进
头脑说停止，最终没有回报
如果可以的话，回到过去并领取你的奖励
但本能提醒我们，没有办法倒退；
即使我们想停下来，冲动也不允许
我们注定要追随的时间之箭
没有人有能力阻止时间之箭
停下来继续前行就会有更多的悲伤
即使停下来，我们也会前进，因为还有明天。

德瓦吉特·布延

乐观主义者和悲观主义者

乐观者哭着出生，哭着死去
悲观者哭着出生，微笑着死去
对于悲观主义者来说，微笑是生活方式
没有微笑，悲观者也能生存
为了微笑和欢乐，悲观者不会努力；
虽然结局相同，但时间已到坟墓
但为了漂亮的发挥，热情乐观者保存
这就是为什么乐观主义者是表演者并且勇敢
悲观者成为自己思想的奴隶
所以，他们一生，都生活在黑暗的山洞里。

妒忌

嫉妒是自卑感的产物
永远不要让它成为同伴的顶点
嫉妒会毒害你的思想和灵魂
在人生这场精彩的游戏中,你会犯规
生命会变得肮脏,灵魂也会有罪;
优雅地欣赏他人的成就
嫉妒的本能不会来面对
即使输掉比赛你也会微笑并享受
舒适的生活和节奏
有了嫉妒心,仇恨也会变得卑鄙。

德瓦吉特·布延

死亡不是结束

死亡只是肉体的终结
在亲人的心中,你骄傲地存在
你所有的缺点都变得阴云密布
你的积极美德大胆扩展
死者的美好遗产,生者牢牢承载;
生与死是同一枚硬币的两面
生命的彼岸,记忆只能连接
死后所有不好的记忆都会消失
对于逝去的灵魂,大家都寄予美好的祝愿
在死亡结束之前,你将如何被记住,这一章。

年龄只是一个数字

年龄只是一个数字，不是绝对的
随着死亡，数量会减少
为了多活几年，我们致敬
三十一岁可能会得到更多的贡品
另一位八十岁的人可能一贫如洗；
无需担心更高的数字
不知道有一天我们必须投降
有些人在雷声中突然死亡
享受今天，不要浪费时间，最大的错误
随着时间的推移，探索生活中的各种奇迹。

印度的腐败

腐败是印度文化不可分割的一部分
在腐败问题上,大多数人就像秃鹫
为了勒索钱财,系统允许酷刑
即使经过很多计划,穷人也没有未来
弱势群体被迫屈服于命运;
腐败也是宗教的一个组成部分
人们认为,贿赂上帝是一个简单的解决方案
所以,对于腐败,人们是毫不犹豫的
在印度,文化、宗教和腐败融为一体
为了使印度摆脱腐败,我们需要一场社会文化革命。

战争与基本本能

人的基本本能不是原谅,而是报复
所以,总是有杀戮,没有改变
人类文明史就是复仇文明
史实书籍充满了战争的蹂躏
只有阿育王试图和平并展示一条通道;
和平新世界的梦想仍然遥不可及
战争日益变得危险且具有破坏性
鼓励宽容和宽恕是认知的
没有仇恨、没有战争的世界应该是我们的目标
但人性的基本本能仍然是主观的。

当宗教控制头脑时

当宗教控制你的头脑时
你的智力发育已经死了
独立思考会看到浅红色
在黑匣子里你疯狂地生活
走中世纪的路,你会感到高兴;
让你的思想自由,思考超越
从狭窄的宗教池塘里走出来
与星星和宇宙结下不解之缘
你会忘记所有的贪婪和创伤
在宗教中你只能不断地走来走去。

让我们与自然共存

为了我们的方便和舒适,我们正在改变自然
为了追求更好的生活质量,我们正在犯错误
在自然面前,自古以来我们都臣服
我们从未想过其他生物和他们的问题
因为我们身上带着至尊动物的徽章;
为了我们的舒适,我们堵塞了河流,摧毁了丛林
填埋天然湖泊开发栖息地,大自然可能不支持
因此,为了平衡它,气候变化自然试图导入
与自然、众生共存才是更好的选择
对于大自然的毛茸茸和破坏,我们需要尽早解决。

保持原创

原创,不得抄袭他人
原版总是更好
即使你努力,你也无法像父亲那样
你反而成为他的影子
原创,你就能创造奇迹;
你被赋予了不同的品质
以不同的方式,有些可能有更多的数量
不要将马与鹰进行比较
赛马场上,雄鹰将奋力拼搏
但在天上,马会跌倒;
保持原创并探索自己的潜力
请记住,每个人的道路都不相同
你的道路可能人迹罕至且充满障碍
但最终,你会携带更多的礼物包。

印度的腐败是非法的

卖淫在泰国是非法的
贿赂在印度也是非法和被禁止的
但仅仅为了做到这一点，人们就致力于
印度的腐败总是被允许的
即使在当场逮捕后，也会获准保释；
印度的腐败分子从未受到惩罚
他们对惩罚的恐惧很快就消失了
没有人打扰，即使形象受损
一旦无罪释放，贪婪的贿赂从未结束
法院办更多腐败事的精力得到了补充。

德瓦吉特·布延

没有灵魂的生活

有时我们被迫没有精神和灵魂地生活
因为命运和命运在我们心中开了一个大洞
但因为太多的原因,我们还是要继续我们的角色
只有过去的日子、月月、岁月才是我们的目标
即使在人群中,我们也感觉自己独自一人在北极;
所有动物的基本本能是生存,而不是死亡
谁在吃炸鸡的时候想到了母鸡的本能
但在杀戮的时候,动物们也会哭泣
为了拯救生命并活得更久,许多动物尝试
对于人类来说,没有精神和灵魂的生活就是谎言的生活。

即使面对痛苦也要微笑

如果我们只考虑我的痛苦,痛苦就会很强烈
这与事实相去甚远,而且是错误的
成千上万的人与我们一起唱着同一首歌
对于很多人来说,悲伤的清单太长了
我们只是走同一条路;
痛苦和快乐就像大海的潮汐
生活中没有任何事情是无缘无故发生的
在痛苦中,不要把你的平静关进监狱
即使心情紧张也要保持微笑
从长远来看,这段旅程将带来解决方案。

暂时的生活

建造泰姬陵,我不是皇帝
我也不是创造恐怖的湿婆神
只有我能从内心深处作曲
我是一个太自卑的受苦人
生命在世界的走廊里是暂时的;
人们忘记了最强大的国王
再坚强的鹰也失去了翅膀
心爱的人,我们可以留在心碎的地方
记住美好的日子并微笑是聪明的
永远,即使是神的化身也无法驾驶他的车。

两种选择

每个早晨的生活都给我们两个选择
活或不活是我们自己的决定
生存的基本本能给出方向
但要死我们必须采取不同的决心
对于自己的决定,自杀是唯一的解决办法;
对于生物来说,死亡并不是一件容易的事
我们期待,明天会带来更好的情况
明天会发生什么,国王也不知道
当你决定活在今天,就进入擂台
享受这一天,赢得比赛并大声唱歌。

解决冲突

冲突是生活和自然的一部分
它可以成就或毁掉一个人的未来
在我们的生活中,冲突会给我们带来折磨
完全避免冲突是不可能的
但解决冲突是可行的;
没有冲突,真相就不可能水落石出
对于真相,很多人都会有疑问
冲突将争议推向合乎逻辑的结论
通过冲突,许多棘手的问题得到解决
冲突的解决可以减少社会紧张局势。

自己的斗篷

活或不活都是自己的选择
在这件事上，其他人没有发言权
我的问题和痛苦让人们欢欣鼓舞
没有人支付我的账单或银行债务
所以，我从不费心去进行判断性测试；
活得像个跛脚鸭很容易
死亡所需的勇气我们保持朦胧
我们向在战斗中牺牲的勇敢士兵致敬
那些带着羞耻而逃跑的人必须安定下来
活着还是不活着，都是自己的事。

每个人都有判断力

言论自由是根本
每个人的思维都是不同的
每个人都有自己的判断
意见分歧是偶然的
因分歧而争吵是心理上的；
争论分歧时始终保持逻辑
言语不应引起争吵
永远不要让你的思想犯罪
这可能会导致不必要的身体对抗
使用武力来证明自己的正确性是不道德的。

祷告上帝不是强制性的

向上帝祈祷不是强制性的
赞扬他也不是法定的
牧师不是上帝的职员
神独自生活在他的领域
然而,无限的宇宙是他的目录;
宇宙按照它自己的法则存在
我们对宇宙的了解是原始的
大自然赋予了我们独立的思想
我们必须自己找到更好的生活方式
祈祷只能帮助我们变得慷慨和仁慈。

如果上帝不存在

如果上帝真的不存在
罪孽灭绝的问题
道德将失去意义
诚信不具有约束力
道德将会有它自己的结局;
优胜劣汰将坚定
杀人不会构成犯罪
爱会像动物的方式
情绪会产生危险的影响
人类将脱离高速公路。

今天停下来一会儿

自古以来时间过得很快
生活中，我们也单向快速移动
所以，我们的相对速度就可以发挥作用了
快节奏的生活迫使我们不再保持社交能力
但我们不能像老虎一样孤独地生活；
有时会减速、停下来环顾四周
未经探索、未曾见过的自然之美比比皆是
因为速度太快，你错过了很多过去
谁也不知道今天是他最后停下来的机会
今天试着停下来微笑，明天你可能会变成灰尘。

德瓦吉特·布延

无法衡量的痛苦和悲伤

痛苦与快乐,谁也无法衡量
没有像流明或分贝这样的单位可以带来愉悦感
我们必须感受悲伤的痛苦并投降
抑制痛苦和快乐是错误的
终有一天,心会被大雷震碎;
永远不要试图将悲伤和痛苦隐藏在隐藏的围墙中
爱和悲伤都是情感,不可能丧失赎回权
如果我们试图阻止情绪,就会产生压力
更好地给予心灵和外界的接触
回忆将永远陪伴我们如珍宝。

生命与金钱

生命和金钱都不稳定
像眼镜一样,它们也很脆弱
今天是我们微笑的时刻
为了寻找快乐,步行一英里
为了金钱,不要独自流亡;
金钱只是改善生活的手段
贪财是把双刃刀
赚钱难是真的
线索更难花
不要让生活陷入金钱的胶水中。

德瓦吉特·布延

时间,生命的主要资源

时间是唯一的主要资源
一旦浪费了就只能悔恨
时间的时钟永不倒转
时间也无人能保存
只有利用,时间永远值得;
时间不等人,我们都知道
然而,在闲散中,我们让时间流逝
有时我们想,今天的时间过得很慢
但自从大爆炸以来,时间都在流动
让今天的时光闪闪发光。

生活总是半满

大多数人都希望活到百岁以上
所以,总是把他们的满意杯空了一半
因为担心以后的生活,他们没能在课堂上生活
他们希望将来有更好的草
人生的考试,大多数都没有及格;
无需担心长寿和成功
对未来生活思考太多是没有用的
半满酒,今日开会愉快致辞
今天和朋友的聚会,做皇后吧
你无法控制死亡,这是一个自然的过程。

德瓦吉特·布延

谁占上风

所有宗教都说上帝创造了宇宙
他让所有的生物变得如此多样化
他可以逆转宇宙的进程
整个宇宙,他只保留
他的存在科学无法诅咒;
科学说,没有证据证明上帝的存在
对自然力量的恐惧是上帝坚持不懈的原因
生命因整容事故降临人间
数百万年的生命进化是真实事件
宗教和科学都无法解释生命的相关性。

道德地对待动物

道德对待动物是必要的
为了生态平衡,它们是强制性的
没有动物人类将会有不同的故事
善待动物,做一名投票者
森林被破坏,动物受苦;
我们能想象没有牛、狗、猫和马的文明吗?
所有动物在文明进程中都有其贡献
随着动物的灭绝,文明将出现反渗透
人类将取代动物至高无上的地位
让动物享有公平的权利和休息。

监狱理论

我们的灵魂是这个星球上肉体的囚徒吗?
监狱理论是一个哲学新信条
只有在完成我们的任期后,我们才能返回并获得单证册
身体像一块强大的磁铁一样吸引着我们的灵魂
我们认为我们在这个华丽的内阁中是至高无上的;
自古以来,为诞生此星球的圣人忏悔
像罗波那这样的大战士也来到地球作为惩罚
世间是苦处,佛亦补
当我们到达地球的那一刻,全人类都哭了
有些人死得很快,因为上帝对他们很宽容。

我们的角色是有限的

我们在宇宙中的作用非常有限
但认为任何事都是被允许的
思想与现实的不平衡是事实
先考虑结果的人是不会行动的
看到成绩不佳,无需反应;
扮演不确定的角色是事实
即使角色很小,我们也可以留下影响
履行职责绝不分心
生活中,与人、自然互动
上帝、灵魂、重生这些概念都是抽象的。

布彭·哈扎里卡

天才是天生的,而不是后天培养出来的
对于天才来说,不同的是遗传密码
Bhupen Hazarika 属于这个分支
他的贡献,荣耀永不褪色
他是一个不同等级的人类;
为了音乐和人性牺牲一切
为了更美好的世界和兄弟情谊,他表现出团结一致
他是一位具有最高水平正直的音乐家
从不为金钱、财富或名誉而忧虑
只关心音乐游戏的卓越性;
他对阿萨姆文化的贡献是巨大的
在他的作文中,从来不允许有任何废话
对阿萨姆邦、雅鲁藏布江和比胡的热爱是强烈的
现在在阿萨姆音乐中,Bhupen Hazarika 是最好的香
他的一生充满了挣扎、坎坷和悬念。

我的小猫身上什么也没有

我就像矮胖子
她是灰姑娘，很漂亮
我拥有一切充足的东西
现在我的心空了
我的猫里什么都没有
现在的旅程是如此肮脏
生活只是一种被迫的义务
与我的生活没有和睦
对所有神灵失去信心
从来没想过人生会有遗憾。

最好的 Instagram

自古以来，我们最好的朋友就是狗
如果我们把狗反过来写，它就变成了上帝
阿萨姆大师桑卡德夫告诉我们，狗的灵魂是罗摩
狗是尤帝什提拉最后的伴侣和止痛膏
在我们的生活中，宠物狗永远不会成为垃圾邮件；
一只狗可以改变一个孤独的人的人生程序
狗的器官可以像肾盂造影一样工作
狗的生命与主人的生命融为一体
最好的朋友通过自然电报了解你
如果你有一只狗，它就是你生命中最好的 Instagram。

现在做

明天的工作，今天做，今天的工作现在做
如果明天到来，每个人都会说哇！
明天可能会连续出现不同的工作
由于生病，活动可能会减少
因为明天你的脚趾可能会骨折；
把工作留到明天是一个坏习惯
它会缩小你的视野和生活的范围
今天做的事情只会有助于前进
后天等待着奖励
把工作推到未来的习惯，扔掉吧。

德瓦吉特·布延

不确定的游戏中的不确定结果

我不会玩旋转球、高球、快球和弹跳球
如果在同一轮中不同的球来到我身边
我的生活技能并不完美却更强
我没有能力一起面对所有的挑战
除了投降,我别无选择;
有时我们会面对最艰难、最快的球
但即使是一个松散的球也可以让最好的球员出局
人生是一场充满不确定性的游戏,看不见裁判
像戴安娜王妃和梦露这样的死亡并不罕见
即使非常小心,其结果也可能会失败。

有什么奇怪的?

人、神、魔都曾尝试过永生
但他们的一切努力始终都是徒劳
今天是我们手中实用的时间
然而,大多数人都希望永生
他们积累财富而不分享;
印度神话中的尤帝什提拉(Yudhishthira)说这很奇怪
忘记死亡,为了永生,人类试图安排
聪明人总是尝试采取不同的方法
因此,他们很乐意利用有限的资源生活
当然,在墓地里,所有人都是平等的。

生日快乐，我爱你米塔利

我是一个普通人，无法建造泰姬陵或纪念碑
我的诗意心灵和无限的爱只是我现在的数量
我脑海中浮现的每一首诗都是爱的反映
我们是同一个灵魂的两面，这自然证明
当我写在纸上时，它像鸽子一样飞翔；
生与死是不能分开的
人生的旅途，中间，我们相聚
爱，只有爱，让我们的骨头更坚强
死亡只是自然现象，爱才是永恒
我爱你米塔利，每个月你的爱，我都会记得。

均匀度

同样的土壤可以种甘蔗、苦瓜、柠檬
这三种植物的味道没有什么共同点
同样的土壤可以产出完全不同的豆蔻
人类也是如此,人都是诚实的、简单的、财气的
颜色多种多样,白色、黑色、红色、鲑鱼色;
统一性不是自然的,只是人和社会强加的
完全相同的诗,即使是两个双胞胎也无法创作
让我们允许多样性以自己的方式发展和处置
同一台机器,不能诊断所有疾病
社会应避免强迫统一过量。

唯一的目的就是活着,也让别人活着

生活的惊喜和奇异超乎想象
这是一段旅程,不是问题,所以没有任何解决方案
生命可以在危险和可怕的情况下生存
然而成功人士自杀的原因很简单
生与死是不确定的,是人生最大的赌博;
人生的目的是自己活着,也让别人活着
对于自然界中的一切生物来说,上帝是父亲
如果我们爱上帝,我们就有责任像兄弟一样生活
除了生活之外,所有其他的生活目的都是次要的
一些新生婴儿在世上的生命可能是短暂的。

日夜

白天和黑夜都是虚拟现实

对于所有生物来说，它没有统一性

即使对于人类来说也没有一致性

有些人白天睡觉晚上工作

对于一些人来说，白天是工作和战斗的时间；

白天不好，晚上也不好

对于许多人来说，夜晚更好，因为我们躺在床上

日子充满悲伤，所以我们悲伤

白天，蝙蝠和猫头鹰变得疯狂

昼夜为星红虚。

我们很无助

在命运的手中，我们无能为力
当最坏的情况发生时，我们无能为力
我们的损失是无法估量且无价的
人们指责，我们行事匆忙和粗心
事实上，我们已经尽力而无私；
命运可以让国王无家可归
最敏感的不要脸
但始终表现得无害
从来不关心别人的看法，毫无根据
否则余生就会少一些痛苦和平安。

人生的剧情简介······

宇宙之浩瀚超乎想象
详细解释一下,智人无解
强大的设备没有足够的分辨率
不同的理论给出不同的想法和解释
认识到我们纳米的存在是更好的直觉;
智人的时域太小
活到一百岁就是我们所说的长寿
计算出的宇宙年龄只是假设
在宇宙的其他部分,时间可能以不同的方式合成
短暂的存在太渺小,才是生命的真正概括。

德瓦吉特·布延

长方形旅程

生活随时可能出问题
我们必须保持坚强的意志
人生的旅程总是长方形的
糟糕的日子永远不会持续太久
即使流着泪,我们也唱着悲伤的歌;
有时糟糕的日子会试图延长
带着微笑,我们要继续前行
几弗隆之后,美好的时光就会到来
学会享受旅程的叮咚声
障碍只会让我们的生活变得更加坚强。

现在我是成年人了

上帝总是给我唯一的障碍
每天我都被迫挣扎
一直把我推向麻烦
我的安慰,上帝总是走私
我没有办法,只能谦虚;
旅途总是很艰难
我承受了所有的痛苦才成为一个成年人
所以,现在我处于一个完全不同的邪教中
我的大胆就是我的障碍最终的结果
如今,我已经可以抵御任何人的攻击了。

生活是混合的篮子

生活总是鱼龙混杂
就连萨尔曼·汗也未能达到目标
达到百分百,忘记了
有些事我们不得不后悔
不确定性是每个人生活的秘密;
在崎岖的道路上,有些鸡蛋会破裂
对于好的,你必须检查速度
病毒可能会破坏生活中的美好事物
到了舒适区,你可能就回不来了
人生的旅程或许会走上不同的轨道。

肮脏的游戏

生命从子宫里开始,一场肮脏的游戏
小时候在医院出生也一样
大约一年的时间里,我们只能爬行、跛行
对于我们肮脏赤裸的开始,该怪谁呢?
一旦我们能站起来,斗争就开始了
我们的父母强迫我们变得完美和聪明
但命运不允许每个人都满载而归
当肮脏的游戏结束时,没有人警觉;
我们努力干净、安全并享受生活的游戏
选择我们在游戏中的伙伴作为心爱的妻子
然而,游戏变得肮脏,生活变成一把双刃刀
每个人都试图让无目标的比赛变得有趣和普遍。

三时花

我们在生日和婚礼上送花
葬礼上也鲜花盛开
出生、婚礼、葬礼有着不可分割的纽带
有时,葬礼游行中,批评家在引领
对于死者来说,一段不同的旅程,生命是堆积如山的;
生日和婚礼,我们微笑着打招呼
但在葬礼上,我们哭泣着告别
然而最后的旅程还是需要鲜花来点缀
但至亲至爱的人的生活却是痛苦的
请记住,说死者的坏话是可耻的。

仍有明天

我没有未来,没有明天
尝试跟随时间箭头
今天我只有隐藏的悲伤
向任何人借都无用
将一切交给上帝代管;
我的人生路现在很窄
然而早上我打开窗户
温柔地微笑,看着彩虹
享受麻雀的争吵
懒得看自己的影子。

除了生活别无选择

生还是不生,我们没有选择
但作为一个成年人,无论是活还是不活,我们都有发言权
然而,为了按照自己的意愿去死,我们被迫发声
生活是美好的、天堂般的,我们必须感叹
即使我们不快乐、痛苦,我们也必须庆幸;
我们被教导,每一分钱,我们都必须按照上帝的发票支付
否则,我们就无法脱离罪恶,也不会受欺骗。
除了生,我们无法行使临终的选择
在痛苦、悲伤和痛苦中,我们只能发出噪音
为了赢得所谓的比武生活,我们必须保持冷静。

失败的团队合作

给嫉妒的人做作业的机会
让他们高兴地打开酒瓶塞
有时出于愤怒,他们可能会扔叉子
出于嫉妒,他们不会享受猪肉的味道
为了拉拢别人,他们会根据新想法进行修改;
有时拉腿也变成了团队合作
但没有人愿意花时间在铲土工作上
没有人准备好做必要的文书工作
对于拉腿,他们未能决定框架
拉腿总是作为个人的拼凑而成。

不要嫉妒

从本质上讲，所有人都嫉妒
但欣赏别人应该是理智
欣赏好工作才是真正的虔诚
秃头的男人总是希望自己长出绒毛
更好，为了自己更大的成就，专注；
批评别人的成功是值得怀疑的
它将把你囚禁在一个恶性循环中
邻居的成功，你会焦虑
为了自己的表现要认真
否则，嫉妒而死是显而易见的。

让他们享受

有时我喜欢戳嫉妒的人
让他们嫉妒很简单
通过你的努力激起涟漪
他们的嫉妒心自然会增加三倍
愤怒时,他们会抓破自己的痘痘;
当你尝试做不同的事情时,有些人会拉你的腿
有些人会带着你的负面标签
有些人会试图拖延你的进步
一旦你成功了,他们就会乞求你的帮助
让嫉妒的人享受自己的钉子。

人性本质上都是自私的

本质上,所有人都是自私和以自我为中心的

保护自己的生命财产,他们关心

中立性是相对的,并且是针对具体情况、地点和时间的

为了自己的利益和安全,他们试图表现出和平的态度

如果他们的利益得不到满足,他们就会变得很棒;如果他们的利益得不到满足,他们就会变得很棒。

财富丰富时,年老时布施多产

晚年帮助别人,人们感到幸福快乐

然而,为了自身利益,他们会了解交通情况

即便如此,他们的慷慨仍然受到欢迎和活跃

为了真正的中立,所有人类价值观都应该是统一的。

大自然只能治愈

药物并不是真正的治愈者
所以,有时它会成为杀手
对于某些人来说,副作用更大
药物可能引发的其他并发症
没有药物的生活总是更快乐;
然而,药物是必要的邪恶
每天早上我们都被迫吃药
对于我们的 WBC,药物赋予战斗热情
大自然加速治愈过程
有了药物,我们还需要好的膳食。

我们的人生阶段被管理了吗？

我们在世上的生活真的是舞台管理的吗？
为了夸演技，我们就这么认真地订婚了？
有时，环境迫使我们相信这是真的
没有解释，为什么基本颜色是红黄蓝
能量到底是什么，我们也没有答案和线索；
我们见过舞台，却没有见过隐形导演
所有宗教都说，他是宇宙中看不见的创造者
我们无法从无到有地在核反应堆中产生能量
只有在地球这个阶段，才会有人试图成为独裁者
但归根结底，他似乎也是一个临时协调员。

生命来来去去

人类的生命来来去去
不知不觉我们就在追随
生命的循环从未放缓
随着人口的增加，电流不断增加
然而，突然的死亡总是令人惊讶；
我们不知不觉地来了又走
预期寿命也在慢慢增加
世界人民的生活质量正在提高
然而人类并没有停止战斗
知道必死无疑，我们的贪欲惊人；
自然法是强制性的、遵守的
人类的价值观、自我和欲望正在毁灭
真理和诚实的人类正在放弃
冠状病毒等病毒引起的疾病仍然令人恐惧
而我们不确定的生活在未知的旅程中继续。

记者

他不需要负重
船上仅限笔和相机
然而路上却有困难
有些地方是无法侵入的
他的职责是事实和真理，卸掉；
有时为了真相，不惜冒生命危险
战争前线，他永远是个陌生人
对于数百万人来说，他是信息狂人
在选举中，他成为游戏规则的改变者
对于他的正直，很多人都指指点点。

搬运工

他没有储蓄、公积金或养老金
但他的表情却显得毫无紧张
不去想太多明天也许是理由
如果他想到后天,他就得叛国
所以,微笑着度过今天或许是他唯一的办法;
搬运工搬运尽可能多的货物
但很少有人愿意额外赠送一分钱作为礼物
许多富人讨价还价太多,并开始出现裂痕
为了给妻子治病,搬运工加班
为了救他的妻子,搬运工正在尝试硬拉。

动态平衡

生命是身心复杂的动态平衡
我们能找到史蒂芬·霍金,这在世界上非常罕见
最好的机器人或超级计算机将站在后面
人类需要健康的身体和健康的心灵
自古以来,圣贤哲人就告诫:
日复一日、月复一月、年复一年,心要精进
对于同伴机器,另一台机器不能不友善
我们创造机器,但对人类同胞不友善
在贪婪、自我和嫉妒中,我们的头脑很容易变得盲目
但随着年龄的增长,即使是再强大的心灵也无法长期束缚。

心灵永远年轻,身体却不年轻

我的心还像二十岁一样年轻
随着时间的推移它成熟并变得强大
从小到大,旅途很漫长
在诱惑中有时会出错
然而,它仍然是诚实和正直的;
灵魂是抽象的,不朽的,不是每个人都能感受到的
但终其一生,心灵仍充满热情
即使在最糟糕的情况下,我们的思想也可能会杀人
在最严重的灾难和失败之后,心灵无法保持平静
有时,即使是最坚强的头脑也需要激励药丸。

身心

生命是身体与心灵的完美结合
所以,对待他们两个,有必要友善一点
没有身体、心灵,任何人都找不到
没有人知道,身与心是如何结合的;
身体的每个器官都是健康所必需的
没有更好的身心化学反应,就没有财富的价值
与其发疯,更好的选择是死亡
为了更好的头脑和更好的身体,永远倾斜;
所有器官的良好运作是联邦
如有必要,通过远程医疗讨论问题
心理健康对于更好的生活同样重要
身体和心灵应该像丈夫和妻子一样。

当我变老时

随着年龄的增长,身体不再勇敢
许多新疾病突然出现
冬天,我很容易受到寒冷的侵袭
我携带平板电脑,而不是宝贵的黄金
我出色的记忆力下降了很多;
我对女孩们爱你,现在不能卖了
数学问题在我看来是解决不了的
我的许多感受仍无法诉说
我能以某种方式保持我的身体和思想
随着年龄的增长,生活的模式也发生了变化;
随着年龄的增长,体重沉重,我无法支撑
我的决定,家人保留
对家庭用品没有兴趣
对于不公正和非法,我仍然蒙着眼睛
随着年龄的增长,我在自己的据点中变得脆弱。

德瓦吉特·布延

剩余寿命

人生从六十岁开始并不符合事实
这只是实际的剩余寿命
对于穷人和无家可归者来说这是残酷的
六十岁以后的生活主要是文化方面的
对于大多数人来说,它是残余的;
有钱的健康人这样说
手上有现金,可以去任何地方
和小伙伴一起旅行,他们会说哇
但对于跛脚鸭来说,生命却是很低的
只有有了银行存款,六十岁以后的生活才能焕发光彩。

说不

学习说不的艺术
永远与人为伴,不随波逐流
有时候,走自己的路,走下去
对任何人来说,说"不"都是一个很大的打击
你的生活也不会变得狭窄;
不说"不"就会陷入陷阱
在沙漠中你可以在没有地图的情况下着陆
有时,"不"会成为安全上限
不与是之间,或许就是生与死的差距
生活中一定要知道,什么时候该关闭,是的水龙头。

假朋友

假朋友比敌人更危险
他们会像炼金术一样欺骗你
他们只是虚假学院的同伴
他们的目标是牟利和亵渎
他们所有的言行都是多义的；
我们说患难见真情
但不贪心很难得到朋友
假朋友会飞走，满足自己的需要
以友谊的名义，敌人将会滋生
生活中虚假的友谊，不需要培育或播种。

叶绿素

植物的光合作用是如此简单
大自然保守了它的加工专利
叶绿素可以很容易地将能量转化为物质
动物皮被剥夺了食品加工叶肉
即使有叶黄素,动物也不能进行光合作用
自然的简单就是最大的奇迹
生物的生与死是简单的循环
没有叶绿素,就没有人体肌肉
叶绿素是人类生存的神谕
如果科学将叶绿素涂在我们的皮肤上,生活就会变得简单。

德瓦吉特·布延

游戏

为了享受动物也玩游戏
但和人类一样，他们的游戏也不一样
在他们的游戏中，没有失败者可以责备
现在的人类只喜欢看
聪明人玩游戏赚钱的人很少
现在成年人很少去野外玩耍了
因为为了孩子，要创造财富
许多人不去玩，而是忙于赌博
游戏的美感和享受让人颤栗
今年，和朋友一起去球场，开始打保龄球。

冰屋

夫妻生活是冰的家
没有人知道生命的骰子里有什么
每时每刻我们都应该准备好付出代价
对于丈夫来说,妻子大多时候都是在牺牲
与其结婚两次,不如独居;
提建议是每个伙伴的基本本能
但在这件事上,妻子总是有更大的份额
女性更擅长烹饪和使用香料
丈夫说话前必须三思
为了保持冰屋的安全,双方都要表现得友善一点。

德瓦吉特·布延

主啊

主啊，我微笑着接受了你所给予的一切

有时候，心里默默流泪

有时，带着恐惧和惊讶

我度过的生活从来都不是称心如意

这条路也不是一次黄金经历

从未做过任何盈亏账目

我知道，最终，不管得失，我都要走；

快乐和痛苦，我意识到硬币的两面

我必须继续前进却无法分开关节

为诚实、真理和爱付出沉重的代价

然而，我继续前进，尝试像鸽子一样飞翔和生活

从未伤害过任何人，但尝试展示正确的道路

从未以你的名义、谎言或圣浴尝试过

现在，请引导并照亮我黑暗的道路。

大学时光

会议场地为学院
与朋友一起享受，没有敌人或敌人
争吵是和谐的基础
有的考试不及格，成为炼金术士
没有人认真对待亵渎行为；
友谊高于种姓、信仰或宗教
爱所有人都恨没有人是座右铭和实际的解决方案
美丽的女人总是有更多的朋友和更好的决心
聪明的学生带着微笑和杰出的表现昏倒了。

生物需要

食物、睡眠和性是基本需求
还有许多其他的本能；
小时候，我们睡得更多，吃得更少
当我们长大时，睡眠变得缓慢
食物摄入量开始增加
成年带来了性需求
热爱创造，总是尝试最大化
变老意味着再次回归正轨
食物少，睡眠少，从性中得不到任何好处
大多数生物的斗争是为了食物、性和睡眠
如果你的生理食欲在九十左右
即使我们的目标不那么长，也是令人愉快和美好的。

永恒的沉睡

我们最大限度地满足生物需求
所有其他身体需求都是次要的
在最好的餐厅享用美食真是太棒了
晚上睡个好觉，直到死亡让生活不再那么动荡
我们喜欢与朋友和亲人一起吃饭
但成群结队地睡，大家都不愿意
与明星共度一晚，人们可以花上百万
如果你贪恋年轻的伴侣，没有办法
食物不仅仅是为了填饱我们饥饿的胃
在我们生活的大部分活动中，它都有克隆
除了繁殖之外，性还有它美丽的弧线
最后，我们都陷入了永恒的沉睡。

消费主义

消费主义和核心家庭让我们变得更加自私
社区生活的老年社会秩序,他们拆毁
兄弟情谊和家庭关系,实际上在减弱
就连孩子们也不再微笑,表现得孩子气;
每个人都只为家庭而忙碌,为自我打磨
却把垃圾归咎于社会和他人
由于我们的自私,传统的联系现在消失了
这样,总有一天,整个社会秩序就会结束
人类和文明的存在将会消失。

拉奇特·巴尔普坎，传奇战士

拉希特是一位非凡的战士
鼓舞人心的是他的人生评论
卓越的阿萨姆军事将军
对强大的莫卧儿王朝进行了抵抗
他的战争技术现在是军事法学；
对祖国的热爱是激励的本质
他的实力，在前线的带领下不断增强
即使在半夜也能监控准备顺序
为了准备昏睡和滋扰而杀死了自己的叔叔
由于没有及时放行，即将杀死牧师；
最终阻止伊斯兰向东方进军
仅对他来说，在中国和缅甸，对佛教的威胁是最小的
与希瓦吉、拉纳·普拉塔普、普里图大帝齐名的战士
即使身患重病，兵力浩大，他也能轻松击败
在他的一生中，阿洪王国无人能够战胜。

太阳永不升起

太阳从不升起或落下,只为了让我们快乐
太阳是静止的、固定的,永远不会让人感觉尿尿
太阳的生命是明亮、辉煌、活泼的
太阳是太阳系的中心和太阳系
所有行星,包括我们的家园地球,都是飞扬的;
我们说的日出其实是因为我们家的自转
说太阳升起和落下是最高动物的误解
围绕太阳的公转为我们提供了时间箭头的方向
将早晨视为新的一天是幻觉
阳光会带来美好的明天,唯有精神冬眠。

我们的虚拟生活

没有手机我们就无法生活在当下
它现在已经成为大脑的延伸克隆
每个人可能喜欢不同的铃声
但对于每个人来说,它现在是生活的支柱
手机丢了,我们都很容易;
现在手机比早餐还重要
没有它,我们的日子就无法前进,并且将是阳光灿烂的
为了保证细胞安全,许多人使用固定器
在更换最新的电池时,有些速度超快
现在手机让我们的虚拟生活变得快捷起来。

当科学与宗教达成一致时

热力学说宇宙的熵会继续增加
所以,我们这个世界的混乱永远不会有减少的趋势
残酷、仇恨、自私、战争将成为常态
和平与兄弟情谊,不,不,每个人都会说
同性恋人口将会异常增加;
在熵问题上,科学和宗教处于同一轨道上
尽管科学家会说,宗教中没有经过证实的事实
印度教称自罗摩衍那时代以来混乱正在增加
佛教大乘也提倡同样的道理
无论是达克西纳亚乘还是北乘,这种疾病都会继续发展。

没有目的地的旅程

我们都知道，人生是一场没有目的地的旅程
但有些同伴早早下来是为了谁的邀请？
即使经过大量调查我们也找不到原因
旅程继续通过不同的居住地
但要知道，我们要下山的地方，无解；
旅途之后灵魂存在与否无关紧要
了解人类的死后和唯独是富丽堂皇的
学习、研究和想象力是丰富的
我们不知道，灵魂只是生命的组成部分、残余物吗？
或者说我们的灵魂是无限的存在，而不是永恒的。

我们的存在

当我们活着的时候,我们在宇宙中的存在是微不足道的
如果我们死后我们的形象还在继续,那就完全无关紧要了
潜水后,爱、幸福、快乐之类的东西都变得毫无意义
蜜蜂在蜂巢之外不存在
死后,如何享受乘车畅游海上的乐趣?
无论我们死后得到什么尊重,没有人知道
只有在有生之年,才能享受认可的光芒
一旦生命停止流动,即使是最高的奖项也毫无价值
认识和欣赏,决不吝啬和迟缓
明天残酷的时刻,你可能会受到最大的打击。

性别歧视

每十三分钟就有一名雌性被杀死
正统宗教试图压制他们的声音
在世界范围内,对女性的歧视十分严重
在大自然眼中,家庭是美好而可爱的
但对于女性来说,文明社会是野蛮的;
性别歧视,一些社会反驳
但在现代社会,它也并非完全淡化。
一些女性,作为我们的领导人,我们曾经代表过
女性国家元首,我们曾经向他们致敬
但从整体来看,这些只是蜗壳;
在某些社会中,男性至上是绝对的
要求平等,她们起诉女性
他们将家庭的苦难归因于女性
数以千计的妇女被迫陷入贫困
原始平等的黄金时代,我们必须恢复。

德瓦吉特·布延

社会与倡导者、医生和工程师

律师、医生、工程师都很专业
工程师通常都是以自我为中心且单向的
倡导者大多数时候是社会和政治的
作为生命的救星,医生总是得到实质性的尊重
工程师与人的互动是偶尔的;
律师所使用的司法系统仍然是殖民时期的
医生无法解决许多荷尔蒙问题
工程师的解决方案快速且始终有效
为人民和社会工作不是强制性的,而是可选的
工程师与人之间的联系不是情感上的,而是情感上的。
医生可以吃蛋糕,也可以从社会获得蛋糕
摆脱疾病和痛苦永远是首要任务
没有人喜欢生活在禁闭、孤独中
出狱是每个人的首要任务
由于缺乏财务诚信而较少关注工程师。

支持创新

创新思维很重要
想象力应该是充满活力的
相关知识和技能
明目张胆的为了学位而背书
但抢夺学位的现象依然存在。
激发孩子独特的潜力
智商不是数学的
对于想象力来说,年轻人更有资格
家长对创新的支持至关重要
有了适当的支持,成功将会成倍增长。

生活和生活的效率

效率是输出除以输入
如果你不能花钱,你就会陷入困境
即使你赚了几百万美元
你永远不会出现在学者名单中
阿尔弗雷德·诺贝尔在找到一名保镖后意识到;
你可以拯救很多腐败和不道德的人
没有人会给你爱和尊重,反社会
有人向你致敬是偶然的
可能是出于个人或政治原因
但你不在的时候,大家都会发表异想天开的评论;
光靠赚钱并不能让一个人真正富有
凭借慷慨和慈善,他经常留在球场上
否则,你的数百万美元将轻易落入某人手中
没有得分,你将输掉一生的比赛
在生前和死后,你都将留在废弃的批次中。

人们为什么来到我们的生活？

人来生去，不知其所以然
他们离开后，生活变成了
无法逃脱的监狱
留在监狱里我们有太多的理由
但要出狱，我们只有一个办法
对上帝、对家人，我们要叛逆；
人们说，人死后还有生命，灵魂不死
那么如果我们试图在别处遇见灵魂，为什么那么多人哭泣
可能是为了强迫我们生活在监狱里，人们撒谎
如果在战争中杀害朋友不是犯罪而是值得光荣的
如果有人想去见灵魂，为什么人们会害怕呢？

宝莱坞的青年艺术家

他们既不是名人也不是百万富翁
为了食物、衣服、住所、工作，他们共享
青年艺术家致富是非常罕见的
生产者对待他们不公平
但对于舞蹈序列，他们必须配对；
年轻艺术家没有钱支付紧急医疗费用
有时他们不得不乞讨现金
他们的生活并不比任何散工好
为了找到工作，他们被迫向经纪人付款
屏幕后面，没有人愿意看到自己的饥饿。

政治家

不可能给猫敲响铃
他已经很胖了
现在坐在昂贵的垫子上
不要追赶任何老鼠
和他心爱的宠物一起玩耍；
现在的猫都懂得骗人了
免费电费和补贴最好的工具
可怜的老鼠不需要游泳池
有了免费赠品陷阱，猫永远会统治
老鼠应该休息并保持凉爽。

让我们理性行事

所有动物都在为生存而奋斗
但他们没有任何节日
他们也没有任何仪式
动物玩自然的游戏
有些动物物种也是社会性的。
为了生存,动物也会争吵
他们的斗争是合理且合乎逻辑的
他们从不因政治原因发动战争
只有男人才会因为异想天开的原因而战斗
人类的思维不是理性的。

宇宙的扩张

宇宙正在膨胀并且无方向性地膨胀
无限的宇宙没有像我们在世界上那样的方向
宇宙为何以及向哪个方向膨胀之谜尚未揭晓
科学家讲述的不同故事和假设
科学家界本身对于大胆的理论并不一致
有一天,所有这些假设都会被抛弃并变得冷漠
无限的宇宙不可能有边界或边缘
这是一本神秘的、无限页展开的书
一旦我们读完一页,时间和空间就会增加更多的页面
我们获得的知识在后台很快就变得过时了
了解宇宙一切的动力正在增强
然而,关于宇宙和上帝的现实和真理并没有消失。

德瓦吉特·布延

有与无

可以从无到有创造出一些东西
没有什么会成为某事的终极
那么宇宙的存在就是奇迹
其他一切都是进化且简单的
从无到有，科学瘫痪；
物质、反物质、能量、暗能量都是从无到有
然而，基本粒子的数量，物理学，仍在计算
我们的存在是虚拟的，幻象在几千年前就已被告知
现在，它再次带着标志回到我们的知识领域
如果从无到有是可能的，那么我们就必须放弃许多概念。

当人们巨魔时

当人们恶搞时
耐心点,滚动
掉进陷阱,别掉下去
去购物中心
让他们发挥自己的球;
人们恶搞名人
嫉妒的理由很简单
你的人气将增加三倍
巨魔会在运球中死去
在巨魔期间,永远保持谦虚。

我死后

我死后一个月大家都会忘记
为此，我不会在世上后悔
朋友和亲戚将忙于实现目标
他们必须像轻旅一样快速行动和战斗
到下个月，市场上就会有新玩意儿出现；
一年后，我的名字将从所有文件中删除
将来，没有人会要求我任何类型的背书
有些人会因为不需要偿还债务而感到高兴
我的死亡证明将保留为我的最终成就
所以，对于死后的未来会发生什么，我没有任何感触。

微不足道的我

我在我的地方、城市和国家中是微不足道的
即使在社交媒体上也没有人打扰我的出入
每个人都忙着自己的家庭聚会
在城市的人群中,我独自一人,孤独地生活
我们大家一起,让社交生活变得非常肮脏;
我们在宇宙中的重要性比尘埃小数百万倍
我们在世上几千年的生命也不会长久
只有作为社会性动物,我们才能铸造出我们的意义
就像泡沫一样,我们的存在随时可能破裂
我们离开之后,财富、名声、名誉一切都会生锈。

不开心的我

我不快乐,因为我不是又聋又哑又瞎
在生活的每一步,我都发现剥削和不公正
我的良知和敏感,永远无法缠绕
如果我为一些弱势群体开口,朋友们也会介意
我不能保持沉默的旁观者,听到不友善的言语;
早上,当我看到老人拉着满载的车时
我的悲伤和不快乐开始了
红灯时几个乞丐敲我的车,感动我的心
我内心无法保持沉默和聪明
我的幸福在不知不觉中,悄然离去。

精神上的不服从

活到一百岁不是我的梦想
吃最好吃的食物不是我的使命
拥有品牌衣服并不是解决问题的办法
这一切都不能淡化我的痛苦
为了舒适和宁静,我需要更好的替代;
斥责世界也不是好方向
冥想只能带来暂时的冬眠
所有宗教现在都处于错误、丑陋的境地
距离真相,科学还很遥远
所以,我正遭受着精神上的不服从。

现在不需要任何材料

现在的生活中没有任何物质的收获
未来只是用来经历痛苦的
我如何忍受疼痛是主要问题
疼痛像一条僵硬的锁链束缚着我
所有逃避痛苦的努力都是徒劳的；
一切都很好，我飞得很高
暴风雨来了，航班变成了雪橇
我无法拯救我最亲爱的同伴
虽然我想，我是这种情况的专家
现在除了接受痛苦，我没有任何办法。

我们的家庭崇拜

真有趣,我从来没有作为一个独立的成年人生活过
所以,现在很难面对时间不可逆转的袭击
我们的家庭,从伟大的母亲节开始,女权主义崇拜
家庭中的平等待遇和权利是传统的结果
有时,男性不得不听到邻居的"怕老婆"的侮辱;
现在,作为一个独立的成年人独自生活是非常困难的
在我们美丽的中产阶级中,我该如何单身
六十多岁了,翻筋斗就难了
我必须作为一个未成年的人从头开始
对我来说是时候拥有一位导师或法学顾问了。

生活现在是一场不同的游戏

现在的生活不一样了
由于受伤,我跛了
所以,这是一个不同的游戏
每个人都试图驯服
没有人为此责备;
规则并没有不同
我必须以新的形式进行比赛
继续,我不能继续休眠
现在输赢已经不那么重要了
完成游戏是相关的。

仅靠良好的健康并不能保证长寿

心理问题可能是我们自己造成的
但对于很多身体问题却没有解释
即使均衡饮食也几乎无法稀释
锻炼并不总是完美的解决方案
健康的人在没有任何信息的情况下死去；
仅仅身体健康并不能保证长寿
没有人能够完全真实地预测生活
生命的旅程就像电一样呈正弦波
生命有不同的尺度来衡量它的弹性
更好的方式是过简单的生活。

活得更精彩

如果你能包容,你就能过上更多的生活
生命将在平安幸福的源泉里
为了遏制,色欲和贪婪你必须克制
所需资源最少,维持良好健康
静心微笑,少食则长寿;
我们努力工作是为了以后的舒适和放松
但当我们身体健康时放松总是更好
如果您在医院病床上放松,没关系
将工作、静修和度假结合起来更明智
没有人知道,即使有数百万人,也可能会死于饥饿。

不平等现象

社会对妇女的剥削是固有的
它比大西洋在社会中根深蒂固
折磨女性的狂热分子太多了
以宗教的名义,他们强迫女性保持静止
社会上反对女性平等的批评者太多;
几代人以来,女性都容忍不平等
生活中为男性服务被认为是他们的职责
大多数女性更愿意保持甜蜜的状态
更关心自己的着装和美貌
即使在现代,女性也过着不平等的生活。

即将过去的一年

你的人生又要过去一年了
今年几天之内,你必须放弃
一年后您的货物将被卸下
对于悬而未决的工作,时间可能会受到限制
有些人可能会发现行动困难并面临眩晕;
在一年过去之前准时留下您的印记
今年不应该像去年那样
十一个多月,你已经搭建好了基地
在哨声响起之前完成比赛
否则,浪费了一年的时间,你将再次面临。

在主眼中

主啊,我一定是罪孽深重

现在的每一天都很痛苦

眼睛总是含着泪水

不需要充足的资源

现在长寿是有害的;

对于黑暗的日子,我一点也不熟练

情况绝不允许开玩笑

我这辈子从来没有有害过

从来没有做过坏事,那是故意的

对于人类,我是尊重的;

总是试图说实话

从未变得可耻

试图让人们快乐

对社会,尽力做有用的人

没有答案,为什么在你眼里,我是有罪的?

你为什么不尝试一下？

生命的最后一刻，没有人会丈量你的影子
当你的影子变长时，打开你的心灵之窗
如何从社会获取更多，你必须放弃
你对人类的贡献将是你唯一的标志
很少有人费心去记住 Gogo；
一旦你死了，没有人会欣赏你的银行余额
更好的是，在你生日那天，享受分发苹果派的乐趣
如果你慷慨仁慈，成功就会竞争
如果你为善做出贡献，你的慷慨就没有人会说谎
在你的影子沉入黑暗之前，为什么不尝试一下呢？

在神的领域

没有人见过上帝、天使或电子
但在我们的大脑中对于它们的存在有坚定的看法
对于电子,我们有科学的解释
对于上帝、天使和幽灵来说,相信就是解决方案
然而,几千年来这种信念并没有被淡化;
在神的领域里,也许物质、能量、时间都无关紧要
只有超越亚原子水平的意识才是相关的
在宇宙的形成和破碎中,我们的存在是相关的
为了星系的存在,上帝必须具有至高无上的意识
不朽的灵魂与量子纠缠,科学将驾驭。

大骗子政治家

世界上有很多人是没有羞耻心的
对于一切事情,他们都责备某人
这是他们的成功口号和肮脏的游戏
指责他人,他们会获得名声和名声
永远不知道自己的心智有缺陷;
骗子总是声称自己从不说谎
但从他们嘴里,每时每刻都在撒谎
听众变得沮丧和害羞
为了阻止他们的谎言,每个人都不敢尝试
当他们陷入谎言时,他们会毫无羞耻地哭泣。

最终什么都不重要

生活中最终没有什么重要
所以，永远努力让今天过得更好
活在今天，你会变得更聪明
昨天永远不会回来，记住
即使有雷，也享受雨；
我会享受明天是最大的错误
面对命运，你可能被迫投降
站在你的战争受损的家前，你会想知道
你一生的努力可能就在几英尺以下
到最后，生与死的差距已经非常渺茫了。

生命的目的

生命的目的是消耗食物和时间
如何更好、最大限度地消费是首要的
时间是看不见的，所以大多数人不担心
但如果他们被剥夺了美食，他们就会感到遗憾
人们在运动和电影中消磨时间，心情愉悦；
人们说有数百个理由作为他们的人生目标
然而，最重要的是如何度过与妻子相处的时间
除了食物和时间的消耗，都是次要的
但需要在边界之外进行搜索
在生命的最后，每个人都会在黑暗的采石场；

现在科学表明我们并不真实

我们生活在一个充满虚假希望的虚假世界
不知道我们的吊绳有多强
鸦片被称为宗教,我们试图应对
但转眼之间,一切都可能私奔
没有人知道,人生的斜坡有多陡;
无论你在有限的比赛中获胜还是失败
无人能选择的奖品
本能迫使我们像大雁一样飞翔
不如让你的厚望落空
像猫鼬一样与有毒的生命搏斗,直至死亡。

我们没有如愿而来

我们不自觉地来到这里
我们必须走,即使我们不愿意
我们不知道我们来这里的原因
一旦我们来到这里,我们就必须玩游戏
如果我们想早点逃走,那就是耻辱;
我们的愿望与生死无关
我们只能创造自己的价值和财富
然而,我们却不能携带一分钱
虽然,我们可能还有很多未实现的愿望
更好的是,今天享受、爱、微笑、兴奋。

仪式

仪式的目的是促进正义战胜邪恶
但印度的仪式未能杀死任何一位社会恶魔
越来越多的邪恶通过挑剔进入我们的社会
仪式让穷人变得昏昏欲睡、陷入困境
要铲除邪恶，不要礼节，要敢于冒险；
人们以仪式为名，宣扬迷信
人们用大标题传播迷信
铲除迷信，印度民众没有决心
受过教育的精英阶层对行动不感兴趣
对于迷信，社会领袖正在创造新的符号。

我是微不足道的

我在这个世界上多么渺小，让我很可笑
我决定让今天的世界充满阳光
让我们一起微笑，一起跳舞，一起喝点蜂蜜
愉快舒适将是我余下的旅程
一起享受，谁也不用付我一分钱；
我们在时间领域中的存在是不稳定的
为何要制造不必要的纠纷和麻烦
让我们谦虚地解决今天的一切
我们明天的旅程不确定且不可衡量
时间之箭可能会在午夜射中，我屈服了。

记住他的牺牲

因为讲真话,他被残酷地钉在十字架上
但耶稣没有因为身体的疼痛而哭泣
为了那些无知的人们,他向天父祈祷
为了把他们从黑暗中救出来,他尝试了
在残忍的罪人手中,他没有死;
对于人类来说,他成为了火炬手
慢慢地,残酷的人们认识到了自己的错误
他的爱的信息创造了治愈奇迹
圣诞节如雷霆般传遍全球
这个圣诞节,爱所有人,他的牺牲,记住。

让我们庆祝圣诞节

唯一牺牲自己生命的先知
从来没有太多的妾或妻子
他传达的信息是：恨罪而不是罪人
他向人类展示了最好的通道
他的教义非常适合人类使用；
让我们庆祝圣诞节以纪念他的牺牲
反对仇恨，我们所有人都应该大声疾呼
为了停止争吵和战争，他的教诲是最好的手段
为了创造一个更美好和平的世界，他的话就足够了
在言语和精神上，爱皆无恨，让我们实践吧。

虚伪

这个世界充满了虚伪的人
他们的意见总是自私且吵闹
双重标准的人真的很糟糕
为了自己的利益,他们忙碌着
为了实现自己的利益,他们把事情搞得一团糟;
生活中,时刻警惕伪君子
他们的思维很复杂,从不简单
你简单的生活,他们很容易削弱
要对付他们,你必须学会如何运球
否则,每一步都会制造麻烦。

德瓦吉特·布延

要求道歉

生活中,每个人都有不同的哲学
每个人都有不同的心理
每个人也有不同的意识形态
每个人的神经病学都不同
生命中每个人都写下不同的年表;
有人可能有兴趣写三部曲
他的朋友可能专注于生物学
其他一些人可能正忙于学习调酒学
人类总会有类比
如果出现错误,最好请求道歉。

永不停止前进

干得好，有人会嫉妒
做得更好，有些人会冷酷无情
为了做到最好，下次认真一点
如果你不再听到批评，那就很危险
永远不要停止做你认为虔诚的工作；
即使我们不动，几天、几个月、几年都会到来
总有一天，老年和坟墓都会迎来
没有人可以停止前进，自然不允许
更好地做好工作，不确定的未来随之而来
直到死亡，无论你动或不动，都有明天。

德瓦吉特·布延

皆爱无恨

爱、真理和诚实是最好的积极事物
他们带来的和平、安宁和满足
为了寻找真理和上帝,我们张开翅膀
内心的平静与安宁从未动摇
这些德行比国王更强大;
当我们抛弃仇恨、自我、嫉妒和暴力时
对抗仇恨和嫉妒,爱是最好的防御
我们可以在寂静中感受到平静与安宁
大爱、兄弟情谊成为我们的谨慎
对于邪恶势力和不良思想,头脑会做出抵抗。

在家乡吹笛子

世界各地的生活都是一样的
唯一不同的是游戏规则
有时我们会给出不同的名字
但是,饥饿和痛苦,没有人能驯服
在坟墓里,每个人都变成跛子;
考虑到我们的祖国充满了冲突
我们移民是为了更好的生活质量
有时我们为了好妻子而分开
世界上任何地方都充满舒适感
在世界任何地方,都可以演奏横笛。

商务美容

美丽是肤浅的,而且是有限的
一旦时间到了,你可能不得不依靠类固醇来生活
即使是最美丽的玛丽莲的生命也是空虚的
对自己的美丽太过骄傲,总是避免
没有头脑的美丽,只是空虚的人生;
然而,每个人都追求肌肤深层的美丽
没有人愿意流利地倾听内心的声音
美貌总是比大脑更受青睐
我们对此的心态、社会和历史训练
在现代生活中,利用美丽进行商业活动是主要的。

让我们生活在无聊中

我们正与获得性免疫缺陷综合症同居
肝炎的品种是我们邻居随机的
世界永远是冠状病毒的栖息地及其领地
病毒总是保护和扩大它们的王国
人类永远无法从病毒中获得自由；
为了保护生命免受艾滋病侵害，人类使用安全套
带着口罩与新冠共存是智慧
有了免疫力，我们就必须在新冠黑帮中生存
随着时间的推移，电晕的变体将失去其明星地位
不过暂时有了防护装备，就过无聊的日子吧。

能量与物质

将物质转化为能量更容易
但将能量转化为物质更为复杂
所有生物都可以将物质转化为能量
这就是我们都感到饥饿的原因
为了将能量转化为物质,科学家们愤怒了
物质和能量是一样的,只是形式不同
然而,可逆过程是未知的蠕虫
上帝知道一个简单的转变过程
这个简单的过程,至今科学还无法实现
一旦我们了解了这个过程,人类就会变形。

耶稣救世主

佛陀和耶稣试图让世界和平
宗教冲突和暴力是可耻的
为了和平的生存,人类对他们心存感激
为了人类的进步,他们的教导是精彩的
对一切众生,永不有害;
如果我们整合他们的教义,世界将会更加美好
从进步和繁荣来看,非暴力始终很重要
爱一切而不恨一切,让我们的世界变得更大
跟随他们,人类和人类才能繁荣
世界上没有人会面临贫困和饥饿。

嫉妒滋生自卑感

嫉妒源于我们自己的自卑感
我们的失败和邻居的成功使其变得多重
专注于自己的事情,让事情变得简单
为了表现得更好、做好事,你需要有良好的反应能力
在你的生活和视野中,你会看到不同的指标;
生活中没有什么工作是低劣的,尽管价格不同
如果这份工作能给你带来生计和快乐,那就足够了
您的职责是更好、更高效地完成工作
为了金钱、地位的贪婪,每一份工作都会不足
有效地履行职责和工作更有意义。

做好人就好

做好人就好
饥饿使心情不好
穷人被迫偷食物
老实说穷人受不了
穷人的利益取决于道路；
穷人也是上帝慈爱的孩子
环境迫使穷人变坏
放弃善良，他们变得悲伤
有些人因为贫穷而变得疯狂
走善道，他们会很高兴。

身体健康

早上散步有益健康
身体健康是宝贵的财富
为了金钱而忽视健康是错误的
只有身体健康才能让你坚强
身体健康，才能长寿；
没有健康的金钱，其用处有限
为了快乐幸福的生活你不能沉思
你心灵的栖息地，绝不滥用
以金钱换健康，永远拒绝
从长远来看，健康的好处是巨大的。

圣诞节一年一度

圣诞节一年只有一次

毫无恐惧地庆祝圣诞节

感觉耶稣今天就在我们身边

对于人类来说,耶稣的教诲是珍贵的

宽恕杀人的罪人是罕见的;

当我们在耶稣面前认罪时

摆脱愧疚,我们才能成功

在耶稣面前,邪灵永远无法集中注意力

给贫困孩子送圣诞礼物

我们一起可以建造一个美丽的花园。

德瓦吉特·布延

等待上岸

我一生中最黑暗的跨年夜
因为我失去了我深爱的妻子
每天早上太阳升起的时候我都会哭
前方的天气崎岖且干燥
当太阳落山时,我变得平静而害羞;
不敢相信她真的不再存在了
没有核心怎么移动
生活商店里现在没有什么美丽的东西了
只有痛苦和泪水与苦差事
等待最后的上岸。

太阳不知道新年

地球和太阳都不知道元旦
和往常一样,从太阳到地球会发出七种颜色的光芒
没有动物或鸟类会庆祝新年
只对人类来说,元旦是如此的亲切
因为人类知道死亡即将来临;
人类需要方式方法来打发时间
通过庆祝时间的流逝,他们试图展开
有酒和酒可以让男人战胜寒冷
动物不像人类那么幸运和勇敢
他们的新年仍然处于保密状态,不为人知。

德瓦吉特·布延

日、月、年

日、周、月、年都是任意的
然而,这些测量单位是必要的
我们腐朽的每一刻都是首要的
生命在出生前就在卵巢中开始
时间只是一个可怕的腐烂过程;
不同国家的日历是不同的
英语新年在不同时间、不同边界开始
关于时间和日期,我们有很多疑问
在时间的领域里,我们面临着腐烂和伤害
对于某些人来说,浪费时间是一种奢侈。

黑珍珠号

他是足球王国的皇帝
在禁区内带球,他的领地
凭借出色的技术,他可以随意进球
公平竞争、尊重对手是他的智慧
在足球界,他是传奇,是真正的偶像;
绅士和完美的足球大使
他对于普及游戏的贡献是非常高的
在他那个时代,通讯很差而且很小
然而他的荣耀和名气,在各个角落滚雪球
他在世界杯上从未通过手球进球。

除夕

气候变化现在很严重
寒潮多地肆虐
风速也是惊人的
出门在外变得危险
除夕不会幽默；
街道、房屋、汽车都被厚厚的冰覆盖
出去庆祝之前，请三思而后行
最好在家做饭，鸡肉和米饭
餐馆的价格是双倍
今年的庆祝活动将简单而美好。

想象的现实

有时对许多人来说,月亮再也不会升起
他们必须随着萤火虫的光芒移动
然而漫长的黑暗也终有结束的一天
天使等待着欢迎他们所有人
当我们的日子结束时,我们会在那里
量子世界将再次看到更亮的月亮
在另一个宇宙和我们心爱的星星朋友一起玩耍
我们将成为其中的一部分,看到数百个微笑的月亮
这只是时间问题,今天、明天或后天
我不能等太久,如果是现实的话,越快越好。

同一轨道

我们都在同一条跑道上奔跑
没有人能够重新开始回去,
有人跑了百米
有人跑了四百米
还有一些人参加长距离马拉松;
目的地相同,自己的墓地
所以,对于旅途,永远给予尊重
控制台,如果有人无法前进
在旅程结束时每个人都获得相同的奖励
甚至耶稣、佛陀、穆罕默德也得到了同样的奖赏。

从长远来看

从长远来看，人生没有目标
我想我们的行为是有原因的
我们的人生旅程我们只谱写
我们行动的结果，天意安排
最终，我们亲爱的身体腐烂；
我们通过行动和反应来消磨时间
除此之外，我们没有其他解决方案
时间给了我们很多制裁
慢慢地我们面临着希望的稀释
最后，我们在思考人生的幻想中死去。

死富

人生一切都是徒劳的锻炼
最好是简单、精确
为什么要缴纳不必要的消费税
没有人有时间去打扰你的死亡
所以,让你的资产负债表简洁;
偏远乡村的生活是幸福的
尽管他们可能会错过一些东西
他们靠近亲爱的亲吻
从池塘里,他们可以吃到新鲜的鱼
归根结底,简单就是富有。

Covid19 的新变种

毫无预兆 Covid19 来得突然
它坚定地改变了我们的生活和经济
感谢上帝，疫苗很快就来到了我们身边
Covid19 不再充满敌意和不守规矩
但到目前为止，这种现象还没有完全根除；
Covid19 现在正在改变其变体
因此，要遵循相关的安全措施
看来 Covid19 将永远存在
我们必须接受它作为世界居民
我们生活的未来更加不确定。

新年的一周很快就过去了

新年已经过去一周了
回头看看你都做过哪些工作
可能，你吃饭、睡觉什么也没做
你悠闲地待在舒适区
今天想想，改变你的语气；
很快一周就会变成一个月
几个月将很快变成一年
不要等到明天才悠闲地思考
今天，是时候采取及时行动了
努力让第二周变得重要、扎实。

殿下

物理学无法证实上帝确实存在
达尔文的进化论也依然坚持
神的存在，只有有限的人抵抗
为了否定上帝，许多科学家也停止了
只有问题，好奇的人才能坚持；
达尔文理论的缺失环节仍处于黑暗之中
即使在战争、破坏之后，人们仍祈求上帝的仁慈
在某些时候，人类会遭受智力失明
将逻辑、推理和科学推向荒野
在凡人之中，神永远是殿下。

偏袒

当甘地吉偏心时
印度没有人是公正的
人们为既得利益而行动
领导安居乐业
但不要让其他人跟上；
我们偏爱种姓、信仰、宗教
有时会偏向地区
偏袒是环境毒药
在我们的观念中，这是文化强加
解决办法就是创造一个世界、一个人类。

我无法反对

生活对我来说已经没有目的了
我想现在的生活是痛苦的
我从来不建议这样的旅行
这是命运的不知情强加
为了生存，新曲子，我必须作曲；
旧行李和负载，我必须透露
许多旧帐户，我被迫关闭
这就是现实，生活有太多的枝节
为了生存，我必须摄入少量葡萄糖
自然的本能也是如此，我无法反对。

牧师们

不要为了你的救赎而追随牧师
这些仪式为牧师提供了财务解决方案
贿赂他们去见神是对神的羞辱
以清净的心和决心向上帝祈祷
做一个诚实的好人,不需要原始的制度;
神是全能的、仁慈的、无处不在的
为什么去某个地方需要追着牧师
上帝从未要求人类向他行贿
贿赂上帝是由未开化部落开始的
现代文明不是原始的蜂巢。

宗教与酒精

宗教是大众的胡萝卜
上帝是阶级手中的棍子
而文明也在慢慢进步
人类的历史产生了如此多的神
由于神人,宗教有许多分支;
统治者不允许自由思想来保留权力
有时他们试图通过酒精淋浴来控制
宗教和酒精都令人陶醉
因为自由思想家的宗教是令人羞辱的
为了宗教而杀人,圣战正在煽动。

德瓦吉特·布延

感官伟大,心灵更伟大

是的,我们的感官很棒,我们努力满足
但心灵是优越的,我们的欲望,心灵可以反抗
感官的欲望,心灵可以轻易改变
我们的欲望感官无法合理化或统一
只有心灵有选择和认可的力量;
动物受感官驱使,为了满足感官
所以,有些动物在茂密的森林里独自快乐
就人类而言,我们永远不能忽视心灵的镜头
对于心灵来说,有时我们会陷入困境和紧张
如果我们不能控制自己的心,我们就会在人生中感到不快乐。

奇迹很少发生

即使概率为零我们也总是希望
那么我们就很难应对
我们试图连接损坏的绳子，但徒劳无功
带着我们今天和明天的希望私奔
当我们意识到时，我们已经到了斜坡的底部；
抱最好的希望是好事，但也要做好最坏的准备
但在希望中，我们失去了许多其他更好的可能性
为了盼望奇迹发生，我们承受了最大的痛苦
期盼着奇迹，我们的生活可能会变得炙手可热
请记住，是心创造了恶魔和鬼魂。

谁想象出了上帝？

上帝是沙文主义男性想象出来的
所以，女性的权利比较少
在一种宗教中，女性只会下地狱
天堂无人为他们敲响钟声
每个宗教都宣扬男性至上；
同性恋在天堂里没有地位
他们的身份被所有宗教窃取
如果上帝是由一位同性恋先知想象出来的
我们会吹同性恋上帝的小号
如果有人说上帝是女同性恋，就会发生暴风雨。

一切都已成为历史

我生命中的一切现在都已成为历史
为未来而活是个大谜团
没有尝到任何糕点的味道
未来不再是我的领地
但早晨突破了界限；
过去、现在和未来现在同一个维度
于是，对前进犹豫不决
但要保持静止，别无选择
与群众一起前进是唯一的解决办法
但完全不知道移动的方向。

德瓦吉特·布延

我什么都不是

我什么都不是
但我还是某样东西
生活在进步
我每天都在穿衣打扮
时间悄然流逝；
人生无非就是赌博
我们需要小心运球
每个问题都令人费解
答案并不眼花缭乱
丢弃的年龄来得很快。

着眼大局

叫做世界的小地方竟然如此丰富多彩
我对宇宙感到惊讶
最近的恒星距离我们有光年远
我们的小心思总是在慢速齿轮中忙碌
每个人都害怕死亡和不确定性；
当我们着眼于更大的图景时
我们的生活广阔无垠，我们也能找到
尊重多样性，即使对蚂蚁也要友善
但我们的恐惧和贪婪总是让我们盲目
宇宙之浩瀚无人能解。

奇迹

我的生命中从未发生过奇迹
祈祷奇迹出现,我失去了妻子
我们被错误地教导,奇迹确实会发生
所以,对于奇迹,我们的思想永远开放
对于欺骗人来说,奇迹是一个虚假的武器;
宗教商人出售奇迹
没有经验,永远不要相信他们的意见
事情会发生,因为它必须按照自然法则发生
没有任何奇迹或上帝可以改变我们的命运和未来
活在当下,享受当下破裂之前的时刻。

现在的报纸

一个充满欺骗、恐怖、死亡和不忠的地方
报纸失去了过去的黄金岁月和团结
社论变成失去诚信的广告
现在没有哪家报纸拥有无限的力量
这是一个正在失去道德和种族的企业;
曾几何时,报纸是火炬手
他们的意见和观点是全体公民所共有的
虚假、捏造和仇恨的新闻很少见
现在除了利润,社会报纸不在乎
然而,为了报纸的生存,我们应该祈祷。

没人知道

没有人知道另一边是什么
但如果它存在的话,它肯定会很宽
没有时间限制,旅途颠簸
没有嫉妒、自我、争吵和骄傲
唯有爱、平安与幸福潮;
每个人都害怕去那里
尽管生活充满辛酸和不公平
他们的责任只有挣扎
甚至比一个必须去的时候关心
默默地走向彼岸才是明智的。

去做就对了

时间只是一个幻象
它朝一个方向移动
利用它就是解决方案
不然就会出现幻觉
人生会有未决的诉讼；
金钱不能替代时间
健康也有时间限制
当前时刻就是你的位置
下一刻将会有不同的振动
就去做吧，明天的情况可能会很糟糕。

德瓦吉特·布延

活在过去

当我们生活在过去
我们的未来开始生锈
当下将如尘埃般飞扬
今天不会持续太久
活在当下就是正义；
过去、现在、未来构成一个三角形
人生三者皆不能独身
即使两个也只能形成一个角
记住生命就像泡沫
活在过去会制造麻烦。

废弃包

即使回首过去,生活也不会停止,还会继续前行
我们无法阻止亲人的过早分离
时间会如常流逝,呼吸也会如常流逝
没有人会打扰你的哭泣和绝望
带着美好的回忆继续前进是唯一的解决办法;
自古以来,生与死都是一个过程
只有沿着这条道路,人类文明才能进步
大自然没有给我们任何停止或回去的选择
有时我们会感到疲倦,缺乏动力
如果我们不行动,时间就会把我们抛到过去,成为被遗弃的群体。

工程师日

工程师也是人
许多工程师都唱同样的歌
一些工程师变得太贪婪
他们一生都为了钱而贫困
最终,许多人死于腐败、吵闹;
工程师是国家的建设者
但道德的崩溃现在注入了毒药
发展道德和伦理是解决之道
仅靠技术无法提供更好的情况
让诚实、创新成为工程师日的决心。

传播微笑和欢乐

永远传播微笑和欢乐
像小男孩一样跳跃玩耍
有了微笑，你的生活就会多姿多彩
在每项活动中你都会保持愉快的心情
即使对敌人，你也不会造成伤害；
传播快乐不需要金钱
你的笑容可以当蜂蜜用
良好的行为和微笑可以打破僵局
对别人来说，你的肢体语言应该是友善的
传播微笑和欢乐是没有代价的。

德瓦吉特·布延

无知是福吗？

有时候我想，无知才是幸福
但如果我走这条路，我会错过很多真理
我将成为我自己的黑匣子的囚徒
知识和视野会过于狭窄和朦胧
通往真与美的道路将被封闭
最好是为了真理而受苦并接受痛苦
好奇心和想象力是更好的救赎之路
亚当和夏娃没有走上无知的道路
这就是为什么今天我们处于文明的顶峰
没有人能在无知的情况下品尝到生命的甘露和甘甜
我的心在愚人天堂里永远不会快乐和平静。

碧湖

碧湖是阿萨姆人的文化命脉
Bihu 的理念是兄弟情谊，简单
在碧湖楼里，富贵穷贵都必须谦卑
每个人都可以自由地跳舞，不会制造麻烦
团结阿萨姆人比胡总是有能力的；
一起跳舞、一起唱歌、一起吃饭是核心理念
人人平等，每个参与者都必须接受
佩奇和加加纳是阿萨姆邦特有的小号
比胡团结阿萨姆人超越种姓和宗教
对于一个没有冲突的社会来说，碧湖节是一个很好的解决方案。

德瓦吉特·布延

我的心碎了

我的心彻底破碎了
我现在是一只无头鸡
没有酒精我就感觉醉了
一切都发生得很突然
生活现在变成了一个很大的负担；
我的感情危机没人能解决
但背负着重担，我必须前行
我还活着，只有行动才能证明
随着时间的推移，新的事物将会进化
最终，在墓地里，一切都会消散。

妇女节

研讨会、讲习班、小组讨论
朗诵、祝贺、颁奖
社会认为,这是妇女解放之路
有一天,每个人都忙于快速解决方案
但要真正赋予妇女权力,需要的是革命
性别不平等只能通过心理进化来消除
古老的宗教信仰需要替代
中世纪封建领主和祭司的思想需要现代化
研讨会和讲习班仅展示少数内容
为了赋予农村妇女权力,我们需要新的经济理念
如果没有教育和经济自给自足,性别不平等将继续存在
技术和技能可以给女性带来新的希望和薪酬平等。

性与残暴

上帝创造了男人和女人并命令他们繁衍

双方都被赋予平等的权利、责任和机会

没有男女的结合就无法孕育新的生命

在男人和女人被创造之前,所有哺乳动物都遵循这一点

自然、环境、生态和生物多样性的平衡

男人变得聪明起来,体会到性的乐趣

他们制造性商品市场以获得快乐和金钱

像山羊或绵羊等其他雌性动物一样被交易的女性

为了快乐,男性的残暴变得可怕而深刻

为了男性的性欲,一夫多妻制甚至被宗教所接受

在许多地区,女性的自由变得苍白无力

人类在文明的进程中变得更加智慧

因此,继续通过卖淫将妇女用作商品

对于上帝赋予的平等,社会没有解决办法

忘记贫穷国家的家庭暴力和镇压

即使在所谓的发达国家,女性也受到残酷对待

在不自然的蓝色电影中,为了享乐,无助的女性被利用。

在妇女节支持伊朗妇女

人在评价的过程中变得身体强壮
让女性情感更坚强,大自然找到平衡解决方案
只有女性才有生育人类的独特能力
妻子是孩子的母亲是一个无法表达的隐藏的东西
大自然创造了完美平衡的分工
但人为沙文主义利益而造成系统失衡
身体优势控制的时代已经一去不复返了
凭借卓越的心理稳定性,现在轮到女性气质了
宗教不能再压制女性平等
为了自己的权利,伊朗妇女走上了正确的道路
让我们希望她们很快能获胜并证明女性力量是光明的。

德瓦吉特·布延

可见与不可见

苹果是可见的,不是万有引力
看不见的空气决定我们的生死
没有人能看到的电力和磁力
看不见的时间过得很快,虽然是免费的
看不见的声音叫做梵天,我们只能感觉到
最奇怪的看不见的东西心灵是非常非常真实的
没人见过的病毒和基本粒子
想要了解隐形灵魂,人人都热衷
有些维度超出了人类的身体所能感知的范围
自古以来,上帝是看不见的,令人兴奋的
只能单独看到世界、星系和宇宙
无形的事物具有更大的力量和影响力,自然会展现出来。

生命的胜利

地震摧毁的建筑物废墟下,一个孩子在哭泣
自古以来,生命对死亡的胜利一直在持续
有时母亲在生下孩子时就去世了,留下一个人
但是,新生儿的生命继续前进,战胜了死亡
文明一次又一次被自然力量毁灭
然而,人们忘记过去,重建并前进
进化和灭绝的过程从未停止过
这就是为什么今天我们人类存在于这个世界上
疫情大流行从来都阻挡不了适者生存
在当前的时间范围内,这就是为什么人类的生活是最好的。

德瓦吉特·布延

不要数波浪，做冲浪者

我无法数清大海的波浪

对我来说毫无目的且无用

但我可以成为冲浪者并享受

涨潮使人无畏地面对危险

有了勇气和信心，我就能面对雷霆

坐在岸边数着海浪，我没有犯错

害怕涨潮和敌对的大海，我没有投降

通过练习，现在我唯一的目标就是完美

现在海啸也无法阻止我冲浪的决心

一旦我们确定了目标，可能是在海洋、天空、陆地或其他任何地方

只要有决心、坚持和实践，我们就能取得成功。

心脏衰竭

一个复杂的生物高效泵称为心脏
在妈妈的子宫里,工作,机器启动
一直连续工作,没有休息
当我们运行时,泵正在接受测试
无需待机,无需备用泵,效率最大化
一旦停止,生命就会死亡并进入坟墓场
即使有最好的护理和锻炼,心跳也是不可预测的
所谓健康之人,亦是面对心力衰竭,并非无敌
就像地震一样,没有人能够预测心力衰竭的发生时间
大胆、美丽、富贵、贫穷瞬间成为最后旅程的水手
只要心还在跳动,就爱人、爱自然、爱人类
像孩子一样欢笑、欢笑、跳跃,享受生活。

德瓦吉特·布延

今天迈出一步

一滴，两滴，它们就形成了春天
泉水汇聚成一条流动的河流
尼罗河、亚马逊河、恒河、雅鲁藏布江等
它们都流向大海和海岸
但每条河流，小小的雨滴都是核心
日复一日积累的小事
并经受雷暴和可见、不可见射线
成为一件大事，成功的故事，就在我们眼前
为了有一天获得成功和荣耀，有些人尝试
他们忘记了那句古老的谚语"罗马不是一天建成的"
为了快速解决问题的成功，他们付出了代价
旅途中每天做简单的小事
赢得奖杯，当然会结束你的比赛。

像河豚一样

河豚浮出水面片刻
再次顺流而下进行活动和工作
完全不关心水外发生的事情
像河豚一样沉浸在工作中
当疲倦或疲惫时,出来呼吸新鲜空气,展现你的存在
不用理会拥挤的围观和观察
让他们评判并高兴地看着你
因为他们知道你是少数成功人士之一
休息一下,沉浸在面纱下的激情中
加速你的潜艇,没有人可以观察或评论
当你最终到达岸边时,评论家会用花环欢迎你。

向自然学习

没有人教新生儿如何哭泣以及何时哭泣
它被编码在人类的信息技术中
孩子通过观察周围环境学会微笑和说话
我们学会了自己爬行,一家人变得幸福
走一步,走两步,然后跑,这是自然的过程
没有人教鱼如何在水中游泳
让孩子们从自然和遗传密码中学习
将它们置于快进模式是有害且粗鲁的
以激烈的竞争和竞争的名义,我们破坏了天赋
诱发成功后,杀掉潜力,后来人悔改。

我相信什么并不重要

我相信或不相信什么对宇宙来说并不重要
你相信或不相信什么对宇宙来说也并不重要
星系正在膨胀并相互远离
宇宙正在不停地膨胀得越来越远
恒星诞生又死亡，星系诞生又死亡
然而膨胀的宇宙只是不断膨胀
没有时间回顾死去的恒星或曾经繁荣的星系
好像如果它停止扩张，就会有更大的死亡人数
地球的自转和公转对于宇宙来说是多么微不足道
甚至比地球上的生物都是太阳系的宝藏
我们的生命太小，无法在无限的自然背景下进行衡量
然而，在短暂的生命中享受、微笑、舞蹈，为社会和自然保佑。

关于作者

德瓦吉特·布延

DEVAJIT BHUYAN，工程师、倡导者、管理和职业顾问，1961 年 8 月 1 日出生于印度阿萨姆邦特兹布尔。他在阿萨姆邦工程学院获得了工程学士学位（电气），随后在孟买国际函授学院获得了工业管理文凭，并获得了法学学士学位。拥有高哈蒂大学学士学位、英迪拉甘地开放大学管理文凭以及新德里能源效率局 (BEE) 认证能源审计师考试。他还是印度工程师学会会员、印度行政人员学院 (ASCI) 和 Assam Sahitya Sabha 的终身会员。他拥有 22 年石油天然气行业经验和 16 年教育管理经验。他创作了 70 多本书籍，由不同出版社出版，包括 Pustak Mahal、V&S Publishers、Spectrum Publication、Vishav Publications、Sanjivan Publications、Story Mirror、Ukiyoto Publishing 等，有英语和阿萨姆语版本。他还在《阿萨姆论坛报》、《东北时报》、《哨兵报》、《油田时报》、《女性时代》、《NAFEN 摘要》和其他一些期刊上撰写了一百多篇文章。要了解更多关于他的信息，请访问 www.devajitbhuyan.com。

www.ingramcontent.com/pod-product-compliance
Lightning Source LLC
LaVergne TN
LVHW061623070526
838199LV00070B/6561